おわかれはモーツァルト

中山七里

宝島社
文庫

宝島社

Contents

おわかれはモーツァルト

I・non tanto ad lib《ノンタント アドリブ》

〜あまり自由ではなく〜

1

完全防音で室温と湿度が一定に保たれた練習室でも、肌に触れる空気の軽さで朝だと分かる。

しんとして己《おのれ》の心音と裸足《はだし》が床を歩く音以外は何も聞こえない。

ピアノはいつでも決まった位置に鎮座しているので手探りせずとも辿《たど》り着ける。

高さが固定された椅子に座り、両腕を水平に突き出すと自然に指が鍵盤に触れる。

榊場隆平《さかきばりゅうへい》は軽く息を吐くと、軽やかに指を走らせ始めた。

モーツァルトピアノソナタ第11番　イ長調　K.331 第三楽章Rondo Alla turca、副題〈トルコ行進曲〉。モーツァルトのピアノ曲の中では最も有名な曲の一つだろう。

最初の主題を静かに奏でる。Alla turca（アラ・トゥルカ　トルコ風に）と指示された通り、この第一主題が既にエキゾチックなメロディになっている。隆平は冒頭のイ短調からイ長調に転調すると、左手の伴奏に分散和音の前打音を乗せる。この前打音を可能な限り短く演奏することによって、よりトルコ軍楽風の色合いが強くなる。

このソナタが作曲されたのは一七八三年と伝えられている。これはウィーンに侵攻してきたオスマン帝国軍をオーストリアが打ち破った一六八三年からちょうど百年目にあたり、戦勝百周年記念のトルコブームにモーツァルトがちゃっかり便乗したかたちだ。

戦乱当時、オスマン帝国軍は「メフテル（Mehter）」と呼ばれる伝統的なトルコ軍楽を演奏する「メフテルハーネ（Mehterhane）」という楽隊を引き連れていて、彼らの演奏する音楽は西欧人に大きな影響を与えている。ベートーヴェンやモーツァルトといった作曲家もその例外ではない。特徴的な民族楽器による活気溢《あふ》れるリズムは現代にも通用する。

イ短調からイ長調への転調を繰り返していると、ついさっきまで半覚醒だった頭と指先と耳が俄《にわか》に目覚める。つくづく自分の生理は音楽とともにあることを実感する。精神も肉体も完調の時の演奏は気分が曲調にシンクロする。楽曲の創り出す世界に自分が溶け込んでいくような感覚に陥る。ところが体調不良だったり気分が優れなかったりすると、途端に世界から拒絶される。指は正しく鍵盤を叩《たた》いているのに、作曲者から背を向けられている気がする。

転調の繰り返しから不意に雄渾《ゆうこん》な第二主題が現れる。右手のオクターヴと左手の伴奏が軍隊の行進を演出する。

ああ、気持ちいいなあ。

第二主題は豊かな音量で力いっぱい、指を素早く離すのが隆平の好みだ。本来この箇所はもう少し落ち着いたテンポで弾くべきだと教えられたが、指を素早く離すタッチはいかにもモーツァルトのピアノ曲らしさがあるし、第一これは目覚めの儀式のようなものだから自分の好きに弾いて構わない。

実際に軍隊の行進を見たことはないが、行進曲を奏でていると自然に情景が脳裏に浮かんでくる。兵士たちの動きを勇ましくするのも軟弱にさせるのも、全ては自分の指先にかかっている。

そろそろ左手が難所に差し掛かる。二十四小節目から三十一小節目にかけて装飾音符を乗せるのだが、三音も入るので右手とタイミングを合わせるのが難しい。特に二十七小節目は装飾音符が連続するので、全ての音に手綱を引いて逃げ出さないようにする。装飾音の出し方も重要だ。一音一音を単独に放つのではなく、一、二、三の指を揃《そろ》えて三の方向に手首を回す。すると三つの音が重なって流れるような装飾音になる。

〈トルコ行進曲〉はピアノ初心者のためのピアノ曲という話を聞くことがある。だが隆平自身はその通説に疑義を抱いている一人だ。確かに楽曲自体は単純な構造であり、実際に低年齢層の発表会でよく演奏される。子どものように無邪気に弾けばモーツァルトのピアノ曲ほど楽しいものはないからだ。

だが、いったんモーツァルトの解釈を演奏に組み入れようとした瞬間、途端に難曲と化す。楽曲がシンプルであるがゆえに演奏者の巧拙がたちまち露見してしまうのだ。実際、プロのピアニストでもコンサートでモーツァルトを弾くには躊躇《ためら》う者が少なくない。

指揮者のアンドレ・プレヴィンはモーツァルトのピアノ曲について、こんな言葉を残している。

『モーツァルトは指揮しようがピアノを弾こうが、とにかく演奏家にとって非常に難しい作曲家だ。確かに楽譜は簡潔、音符も決して多くない。しかし、その一つ一つの音の中に様々な意味が込められている。従って技巧としては簡単かもしれないが、フレーズ一つでも何百通りもの解釈が可能であり、だからこそ難曲なのだ』『あなたが世界中の指揮者に訊《き》けば、みんなモーツァルトが一番難しいと答えるのではないか』

だが難しいからこそ弾くのが楽しいのだと隆平は考える。

ピアノは二つ目の難所である八十八小節目から九十五小節目に入る。右手は八分音符から十六分音符に分解して跳ね上がり、怒濤《どとう》のように流れる。左手は装飾音符を継続しているので、ともすれば鍵盤から音が飛び出しそうになる。

だがこの十六音符を御しきるのは快感でしかない。絶え間ない運指が脳と直結し脳内麻薬を分泌しているような錯覚にすら陥る。演奏を進めながら曲が終わってしまうのを惜しむのは、こういう時だ。先述のプレヴィンの言葉には続きがある。

『しかし、最も好きな作曲家としてもモーツァルトの名前を挙げる者が多いだろう』

勢いを増した第一主題から第二主題に転調すると、いよいよコーダに突入する。あくまでも優しいタッチで、しかし堂々と。トルコ風のエピソードを奏でる部分では右手のオクターヴを微妙にずらしていく。次第に伴奏を華麗に盛り上げながら頂点に向かって疾走する。

情熱が指を走らせる。

恍惚《こうこつ》がピアノと同調する。

やがて最後の打鍵で放たれた一音が宙空に分散していく。

隆平は胸に溜《た》めていた息を吐く。たった三分余りの演奏にも拘《かか》わらず、額はうっすらと汗ばんでいる。心地よい疲労が全身の筋肉を解《ほぐ》してくれるようだ。

不意に人の気配を感じた。演奏に夢中になっていて、途中から人が入室したのを気づかずにいたらしい。

「朝から絶好調じゃないの」

母親の由布花《ゆうか》はそっと隆平の背中に手を当てる。いくら母親であってもピアニストの腕に直接手を触れないのは約束事だった。

「仕上がり具合は、どう」

「まだ五割程度だね」

謙遜《けんそん》ではなく本気でそう思う。眠気覚ましの演奏とは言え、指が転びかけた箇所があった。本番では到底許されない運指だ。

「わたしの耳には順調に仕上がっているように聴こえるんだけどね」

由布花の評価には多分に親の欲目が入っているに違いない。初めて鍵盤の上に指を置いた日から隆平を見守ってきた由布花が、演奏の仕上がり具合を聴き誤るはずがない。

だが声の調子だけで母親の気持ちを断ずることには躊躇《ちゅうちょ》がある。こんな時こそ母親の表情を両目で具《つぶさ》に見てみたいと望む。

榊場隆平は全盲だった。

朝食がいつもの月曜メニューであるのは匂いで分かった。塩をひと振り塗《まぶ》したベーコンエッグ、ポークチャップ、オクラとゴーヤの和《あ》え物、それからオレンジジュース。皿の位置もフォークの位置も時計の文字盤の方向で配列が決まっているので、見えなくても迷うことはない。もっとも配置を換えられたところで、鼻を近づけさえすればメニューの種類くらいは嗅ぎ分けられる。

「いただきます」

隆平は手を伸ばしてフォークを摑《つか》む。メニューは由布花が日替わりで考えている。ピアニストには音楽への感性と同等かそれ以上に体力が必要だ。一回のコンサートで二時間以上、下手をすれば三時間近く弾き続けることとなる。ツアーともなればそれが連日になる。当然、体調管理と体力増進は重要課題となる。

隆平がピアニストとして頭角を現し始めた頃、由布花が栄養士の資格を取ったのは息子の体調を食事の面から支えるためだった。以来、自宅にいる時も地方に遠征した時も隆平が口にするものは全て由布花が調理したものか許可したものに限られた。若干過保護という気がしないでもないが、由布花が意気軒昂《いきけんこう》としているので好きにさせている。

「隆平さん、元々あまり体力自慢じゃないからツアーが始まるまでにフルマラソン走れるくらいにならないと」

「それじゃあピアノコンサートじゃなくてパラリンピックだよ」

健常者が喋《しゃべ》れば非難されるようなジョークも隆平が口にする分にはどこからも咎《とが》められない。

そもそもこの類《たぐい》のジョークをひたすらタブー視する日本という社会に違和感がある。二〇一〇年、隆平はコンテスタントとして参加したショパン・コンクールで各国のピアニストや音楽関係者と話をする機会を得た。聞くもの全てが刺激的だったが、一番感銘を受けたのはハンディに対する認識だった。

『リュウヘイ・サカキバは目が見えない。しかしAbsolute pitch（絶対音感）を持っているのであれば、こうした個性もマイナス材料にはならないはずだ』

地元紙『ガゼッタ』に掲載された評点を読み聞かされた隆平は新鮮な驚きを覚えた。それまで目が見えないことはただのハンディとしか扱われなかったが、ショパン・コンクールでは単なる〈個性〉として捉えられたからだ。実際、隆平以外にも視力に障害を持ったピアニストは少なからず存在する。視力障害を負い目と感じなくてもいいのだと思い知る機会だった。

ショパン・コンクールは隆平にもう一つの自信を与えてくれた。コンクールの入賞実績だ。ウィナーはもちろん、上位入賞というだけでピアニストには大した勲章になる。

ショパン・コンクール入賞者となった隆平を、日本は手の平を返したように歓迎した。それまでは盲目のピアニストという物珍しさでしか取り上げなかったマスコミは、一転奇跡を起こした日本人コンテスタントとして隆平を迎え入れたのだ。

自身の人生に転機を与えてくれたという点でショパン・コンクールには感謝しかない。だが隆平は栄誉以外にも得難いものを得たという認識がある。各国から集まった個性豊かなコンテスタントたちは、皆一様に尊敬できる人物ばかりだった。性格に多少難があっても他人のハンディを揶揄《やゆ》する者は一人もいなかった。彼らこそ異国の地で巡り合った真の理解者のように思えた。

そして何よりも彼に出逢《で》えたことが大きい。かの地でとある事件に巻き込まれた隆平の庇護《ひご》者となり、警察の疑惑を払拭してくれた男。ショパン・コンクール後は欧米を渡り歩いていると聞いているが、いったい今はどこで演奏しているのだろうか。

ともあれショパン・コンクールでの実績は帰国後の隆平を一躍シンデレラボーイに祭り上げてくれた。お蔭《かげ》で国内ではちょっとしたブームが起こり、コンサートの誘いは言うに及ばず作曲の依頼までが殺到した。

欧米に比べて日本ではクラシックに対する需要も市場も小さい。そうした中で全国ツアーを組めるピアニストは稀《まれ》であるため、クラシック界の話題はより隆平の動向に集中した感がある。もっともこの感触は音楽雑誌数誌を定期購読している由布花のものであり、隆平には単純に忙しさしか感じられない。

朝食を済ませて練習を再開しようとした寸前、訪問者が現れた。

「やあ、隆平くん。朝早くから申し訳ないねー」

TOM山崎《やまざき》は相変わらず軽い調子で話し掛けてくる。話し掛けられなくても、彼がやってくるときつい、オーデコロンの匂いが鼻腔《びこう》を刺すのですぐに分かる。

「コンサートツアーのスケジュールに変更があってさ。急遽《きゅうきょ》、お母さんと相談しなきゃならなくなった」

「電話で大体は聞いたけど、もう追加公演の話が出たんですって」

「うん。東京と名古屋、それから大阪でつごう三公演。最初のチケットは発売開始から三十分でソールドアウトしちゃって、プロモーターは何とかしろって一点張り。由布花さん、何とかなんないかなあ」

「わたしより本人の都合でしょ。隆平さん、どうするの」

顔は見えずとも、二人の口調で自分の返事に期待しているのが雰囲気で分かった。

ＴＯＭの本名はトーマス・山崎といい、以前はスタジオミュージシャンとして名を馳《は》せていたが十年前からは所属事務所のマネージャーに転身した。隆平が脚光を浴びる頃に由布花が当該事務所と契約を結び、彼が担当を買って出たという次第だ。

初対面の時、ＴＯＭは隆平に会うなりまくし立ててきた。

『スタジオミュージシャンってさ。バンドでどんな楽器担当していても、スタートがピアノってヤツが少なくないんだよね。ガキの頃からの習い事って大抵ピアノだし。だから隆平くんが何十年に一度の天才というのはとてもよく分かるんだよ。あんな演奏するヤツなんて見たことない』

『失礼だけど、生まれてからずっと見えてないんだよね？　鍵盤の位置は練習の積み重ねで何とかなるとして、どうやって楽譜を読んでるんだって話でさ。いや、うん。もちろん点字楽譜があるのは知っているけどさ。両手を鍵盤の上に置いたままでどうやって点字を読むのか不思議で不思議で』

点字楽譜は隆平も由布花から聞いて知っていた。一八三四年、パイプオルガン奏者であったルイ・ブライユが点字音符の表記体系を完成させ、日本では一八九三年に佐《さ》藤国蔵《とうくにぞう》が初めて点字楽譜を点訳している。現在では横浜国立大学のプロジェクトチームが点訳ボランティア団体などの協力を得て楽譜自動点訳システム（BrailleMUSE）を開発して、より一般的になっている。聞くところによれば著作権法の取り決めで著作物の点訳は著作権者の許諾なしに自由に行え、しかも点字楽譜のデータベース化は著作権者の許諾なしに構築できるため急速に普及したらしい。

らしい、というのは隆平自身が全く点字楽譜の世話になっていないからだ。それを聞くとTOMはひどく驚愕《きょうがく》したようだった。

『え。楽譜なしで弾いてるの。そんな、どうやって。全然意味分かんないんだけど』

由布花が事情を説明するとTOMは素っ頓狂な声を上げた。

『すごいすごいすごい。だったら何十年に一度どころか一世紀に一人の天才じゃないか』

TOMは握手してくれと申し出た。同じ演奏者ならピアニストの掌《てのひら》の扱いは知っているだろうから、隆平はおずおずと手を差し出した。

その口調とは裏腹にＴＯＭの手は赤ん坊のように柔らかで、握り方はこちらがじれったくなるほど慎重だった。隆平はそれだけでＴＯＭがマネージャーになるのを承諾した。

「……僕は構いません」

回想から現実に戻り、隆平はわずかに躊躇してから返事をする。二人からは期待の空気しか感じられず、裏切るのは相当な覚悟が要る。相当な覚悟をして精神的に疲れるよりは、ステージ上のパフォーマンスで肉体的に疲れる方がずっと気楽だった。

「そうか、ありがとう。早速、プロモーターに返事をしておく」

ＴＯＭと由布花が一緒に喜んでいるのが空気で分かる。最近は「空気を読む」という言い方が流行《はや》っているようだが、空気や雰囲気を読むことなら自分は達人の域に達していると密《ひそ》かに自画自賛する。

絶対音感にしてもそうだが、自分は視覚の代わりに別の感覚に恵まれていると思う。味覚も嗅覚も他人より鋭敏だと言われているし、指先は鍵盤の材質を言い当てられる。皮膚は湿度や温度はもちろん、コンサート会場の広さまで推し量ることができる。目が見えないことで生じる不自由さは少なくないが、別の感覚がその分を補ってくれていると感謝すれば辛《つら》さもいくぶん和らぐ。

「かなりハードなスケジュールになるけど頑張ってくれ。今、国内のクラシックシーンを牽引《けんいん》しているのは間違いなく隆平くんだ。だからと言って、次から次へと仕事を持ってくる俺が鬱陶しかったりするかな」

「そんなことはないです」

「クラシックも人気商売だからさ。売るべき時に売っておかないと才能が無駄になっちまう。長いことこの業界にいると、折角才能があるのに売り時を逃がして鳴かず飛ばずになったヤツを大勢知っている」

声に湿り気があるので信憑性《しんぴょうせい》が増す。針小棒大に語るきらいはあっても、この話には嘘《うそ》臭さがない。

「有名には賞味期限ってのがある。いくらショパン・コンクールのファイナリストと言っても五年後には新しいファイナリストが誕生している。隆平くん人気を一時のブームじゃなく定着させるためには、どんどん露出するべきだ。コンサートだけじゃない。雑誌やテレビに配信、メディアの至るところで顔と名前を売る。売って売って売りまくる。傍目《はため》には露出過多と見えるかもしれないけれど、露出は過多に見えるくらいでちょうどいい」

由布花は特に声を出していないが、同意しているらしいと察せられる。思い起こせば以前のマネージメントは全て由布花が取り仕切っていた。隆平の父親が夭逝《ようせい》してからは女手一つで衣食住はもちろん、ピアノ教師の要請から費用の工面まで面倒をみてくれた。それがＴＯＭをマネージャーに招いてからというもの、由布花は全面的に彼を頼ってきた感がある。大手事務所に所属し且つ音楽業界に通暁した情熱家というプロフィールに惚《ほ》れ込んでしまったのかもしれない。ともあれ母親とマネージャーが蜜月状態なら悪いことではなく、隆平には何の痛痒《つうよう》もない。

「ウチの事務所にはアイドルやロッカーやヘビメタも所属しているけど、どんなジャンルもＣＤの売り上げが年々縮小傾向にある。ストリーミングの大幅増加に助けられて音楽配信は拡大しているけれど、音楽ソフトの単価と違い過ぎるから救世主とまでは呼べない。そして辛いことにクラシックは他の音楽ジャンルに比べて新規のファンがなかなか増えない。アメリカじゃあ、クラシック音楽の棚がないＣＤショップもあるくらいだし、日本にしても一週間にたった千枚の売り上げでオリコンチャートのトップ10になるんだから状況は似たようなものだ」

ＴＯＭの説明は淡々としているものの、現状を嘆いているのは間違いなかった。

「こういう状況だから、クラシック畑のアーティストものほほんとはしていられない。皆が注目している時にこそ露出するべきだし、精力的にコンサートを開くべきだ。今この時期に何をするかで五年後十年後のポジションが決まってくる」

ＴＯＭの口調は切実で、こちらも従わざるを得ないという気持ちにさせられる。タレントを奮起させるのがマネージャーの仕事とするなら、TOMは紛れもなく有能なマネージャーだった。

「体力や気力が続かない、無理だというのなら早めに言ってくれ。だけど、ここが正念場だというのは隆平くんも知っているはずだ」

狡《ずる》い言い方だと思った。これではたとえツアーのさなかで疲れていても無理とは言い出しにくいではないか。

「僕は構いません」

同じ返事を繰り返すのが精一杯だった。

「OK、OK。じゃあ由布花さん、会場での物販についてなんだけど、CDやDVDは当然として限定グッズの展開も考えている。一応、サンプルを作ってみたんだけど確認して」

カバンから何やら取り出す音と、続いて由布花の弾《はじ》ける声が聞こえた。

「わ。何これ。可愛《かわい》い」

「ピンバッジだけじゃなくて、アクリルキーホルダーやイラストTシャツもあるんですよ」

「わ、わ、わ。全部可愛い」

由布花のはしゃぎように不安を覚える。

「お母さん、いったいどんなグッズなの」

「隆平さんのイラストがバッジやキーホルダーの絵柄になっているの。ちょっと触ってみて」

開いた手の平に置かれたのは円形のバッジらしい。指で表面をなぞると印刷の凹凸で絵柄が分かる。どうやらデフォルメした隆平の顔が浮かび上がっている。確かにずいぶんと可愛いイラストだと思った。

隆平は自分の顔を見たことがない。一度彫像を作ってもらい、触感で肉付きと目鼻立ちを確認したくらいだ。正直、どんな顔が美しいのか、どんな顔が醜いのか判断に困る。大勢の顔を比較対照できる状態ではないし、そもそも外見が分からないから興味も湧かない。左右対称なのか非対称なのかは判別できるが、美醜の基準が理解できない。

ただし味や匂いの良し悪し、触感の快不快は瞬時に判別できる。

何より鋭敏なのは、やはり聴覚だ。一度聴いた声、発せられた音は忘れない。複数の人間が一斉に喋っても聴き分けることができる。そして声や音に関してだけは、絶対的な隆平の価値基準が存在する。声には美醜がある。音には人格がある。

「僕のグッズなんて買う人の気が知れない」

隆平の顔に好感を持ってくれるファンがいるかどうかはともかく、グッズにでかでかと印刷されるのは正直気恥ずかしい。

「買う気がなけりゃ買う気にさせる。南極で氷を買わせるのがビジネスだよ」

ＴＯＭは自信満々に言う。

「そして客に購買意欲を喚起させるのはプレミアム感だ。そこでキミの個性が注目ポイントになる。隆平くんには申し訳ないけど、盲目のピアニストというのはそれだけで魅力的なフレーズだからね。実際、今回のツアーは業界の注目を集めている。ショパン・コンクールファイナリストとは言え、弱冠二十四歳のピアニストがどれだけの聴衆を集め、どれだけの収益を上げるのか。クラシック・コンサートに消極的なプロモーターが、このツアーによって認識を改めるかどうかって話さ」

さすがに由布花が口を差し挟む。

「それでも身体的なハンディを売り物にするのは、ちょっとどうかと思うけど」

「ハンディではなく個性だと思ってくださいよ。少なくとも隆平くんはそう捉えている。ハンディというのは捉え方によってはプラス要因になるし、多くの人が隆平くんの演奏を見聴きする度にプラスと捉える人間が増えていく。認知度を高くするというのは、偏見をなくすことでもあるんです。最初は興味本位でチケットを買った客も、隆平くんの演奏を目の当たりにすれば、目が見えないことなどアーティストの音楽性には何の障壁にもならないと思い知る。そして隆平くんのファンになってカネを落としてくれる」

由布花は納得したらしく反論はしなかった。

だが当の隆平は懐疑的だった。

ハンディは単なる個性であってプラス要因にもなり得る。隆平のような演奏者が露出を続けることでハンディのある者への偏見がなくなる。いずれも理に適《かな》っているし、前を向いた言葉だ。

しかし何のハンディもないＴＯＭのような健常者に言われても、言葉は上滑りするだけで胸には到底届かなかった。

2

ＴＯＭが去った後、隆平は再び練習室に籠《こも》る。ツアーは早くも来週に迫っている。今は寝食を忘れて練習に打ち込む時期だ。

午前十時、潮田《しおた》陽彦《はるひこ》がやってきた。

「仕上がりを見にきた」

「まだ五割程度です」

「君の五割とわたしの五割は違う」

潮田は有無を言わさぬ口調だった。

「23番の第一楽章だけでいい。弾いてみろ」

他人が聞けばずいぶんと横柄な物言いだが、隆平には逆に心地良い。隆平のハンディをまるで無視して健常者と同等かそれ以上の強い態度で接してくれるからだ。

「それにしてもあざといプログラムだな。最初に見た時にはモーツァルト生誕記念か何かだと勘違いした」

潮田が言うのも無理はない。今回のツアープログラムは最初から最後までモーツァルト尽くしなのだ。
1　ピアノ協奏曲第20番ニ短調K.466
2　ピアノ協奏曲第21番ハ長調K.467
3　ピアノ協奏曲第23番イ長調K.488
休憩時間を挟んで約二時間のプログラム。アンコールを加えればそれ以上の長丁場となる。いずれもモーツァルトのピアノ協奏曲ではスタンダードな名曲とされ、言ってみれば初心者向けのプログラムとも言える。

「プログラムを組んだのは誰だ。おそらくＴＯＭさんだと思うが」

「そうです」

「モーツァルトとなれば誰しもが何かのフレーズを耳に記憶しているので、クラシック・ファン以外の需要も見込める。いかにもTOMさんが考えそうなことだ。隆平の音楽性なんかまるで無視して、客集め優先のプログラムを組んでいる」

「南極で氷を買わせるのがビジネスだそうです」

「クラシック界を南極扱いか」

吐き捨てるような言い方をするが、潮田は誰にでも荒い物言いをする男ではない。普段は紳士的で丁寧だが、腹を割って話せる相手にだけは少し乱暴な口調になる。つまり隆平は潮田にとって信用できる相手であり、隆平もまた潮田に全幅の信頼を置いている。

潮田との付き合いは長い。

幼い頃からピアノ演奏の才能を見せていた隆平だったが、惜しむらくは指導者に恵まれなかった。それも当然だろうと今では思う。楽譜を読んだことがない。音符も記号も認識しない子どもにレッスンを施そうとするピアノ教師は多くない。事実、しばらくは自身もピアノ経験者だった由布花がつきっきりで練習に付き合ってくれた。

五歳になった時、初めて発表会に参加した。今思えば演目は〈きらきら星変奏曲〉だったから、当初からモーツァルトとは縁があったことになる。

五歳児なら第一変奏だけを弾くのが相場らしいが、この時隆平は最後の第十二変奏までを弾き果《おお》せた。隆平の持つハンディと相俟《あいま》って聴衆は驚愕と称賛の喝采を送ったが、その中に潮田がいた。

再会したのは十年後、隆平が由布花や凡百《ぼんぴゃく》のピアノ教師では手に余るレベルに到達していた頃だ。

『何でもいいから弾いてくれないか』

榊場宅に押し掛けた潮田はいきなり、そう切り出した。隆平が躊躇もせずにショパンの練習曲を披露すると、聴き終えた潮田はその場でレッスンを申し出た。

『隆平くんのピアニズムは非常に独特です。ほとんど我流と言ってもいい。彼がこの上を目指すのであれば、教えられる人間はおそらくわたししかいません』

聞きようによっては傲慢でしかない物言いだったが、指導者不在に悩んでいた由布花は逆に潮田を信用した。従って潮田との付き合いはそろそろ十年になろうとしている。

潮田はレッスンに関しては何ら容赦も遠慮もなかった。そして今もまた隆平に本音を告げている。

「隆平のピアノが多くの人に認知されるのは反対しない。しかしコンサートの演目全てがモーツァルトというのは一種の冒険だぞ。モーツァルトがプロ泣かせであることくらい隆平が知らない訳あるまい」

「はい。今朝も起きがけに11番の三楽章を弾いたんですけど、一筋縄じゃいきませんね。演奏者のレベルに合わせて一段上を要求してくる感じです」

「ピアニストにとってモーツァルトは永遠の課題だ。譜面に示された要求通りに弾けたと思ったら、すぐに至らない箇所をモーツァルト本人から指摘される。ある意味じゃショパンよりも手強《てごわ》い。極論すればショパンはショパンらしさを会得してしまえば済む話だけれど、モーツァルトを極めようとするとひたすらモーツァルトに近づくしかない。それがどれほど困難なことかも、隆平には分かっているだろう」

隆平は神妙に頷《うなず》いてみせる。モーツァルトに近づくことは神との同化に他ならないからだ。

ヴォルフガング・アマデウス・モーツァルトは『神童』と呼ばれている。三歳の頃からチェンバロを弾き始め、五歳の時には既に作曲までこなすようになる。七歳で演奏した時には聴衆の一人であった作家のゲーテが『そのレベルは絵画のラファエロ、文学のシェイクスピアに並ぶ』と後に評している。作品は交響曲、協奏曲、室内楽曲、ソナタ、オペラ、歌曲、宗教音楽とあらゆるジャンルを網羅し、その数は実に九百曲以上に及ぶ。全てが名曲と謳《うた》われ、駄作が一つもない。

これほど量産できた理由の一つに、モーツァルトが下書きをしなかったことが挙げられるだろう。『神童』と呼ばれていたのは伊達《だて》ではない。『音楽の父』バッハ、『楽聖』ベートーヴェン、『ピアノの詩人』ショパンと二つ名を冠されている作曲家は少なくないが、『神』の名を戴《いただ》いているのはモーツァルトだけだ。

「何も殊更《ことさら》モーツァルトを神格化するつもりはないが、ピアニスト泣かせなのは紛れもない事実だ。それを二時間連続、ツアーで年間ぶっ通し。まるでピアノの鉄人レースだ。休みなし、少しも気を抜くのが許されない」

「母は三カ月前から体力増進のためのメニューにしてくれました」

「メニューは由布花さんに見せてもらっている。朝っぱらからオクラやらポークチャップやら精のつきそうなものが並んでいて、どこのレスラーのメニューかと思った」

「『クラシック畑のアーティストものほほんとはしていられない。皆が注目している時にこそ露出するべきだし、精力的にコンサートを開くべきだ。今この時期に何をするかで五年後十年後のポジションが決まってくる』そうです」

「それもＴＯＭさんらしい言い草だな」

潮田の憤慨には仕方ないという響きも聞き取れる。たとえ性が合わなくてもＴＯＭのマネージメント能力を認めているからだろう。

「前段はともかく後段は同意しよう。この時期、隆平が何をどう弾くかが将来を決める要因になる。しかし、それは無理な演奏を続けたり必要以上に露出したりすることじゃない。隆平自身のピアニズムを着実にすることだ。コンチェルトの20、21、23だけを連日弾き続ければ確かにモーツァルト慣れはするだろうけど、隆平はモーツァルトばかり弾きたい訳じゃないだろう」

「先生はコンサートツアーに反対なんですか」

「コンサートツアー自体はいい。プログラムの偏り方が問題だと言っている」

心なしか潮田の抗議口調は諦観が含まれている。自分に課せられているのが隆平の演奏技術のみであるのを知っているからだと思われる。

潮田の教え方は隆平の特性に合わせた独創的なものであり、他のピアノ教師に真似ができる代物ではない。だが半面、隆平をどう売り出すかというアイデアは持ち合わせていない。

他方、ＴＯＭは元スタジオミュージシャンにも拘わらず演奏については指摘一つしない。その代わり隆平を商品と割り切り、最も効果的な販売方法を模索している。

由布花は由布花でレッスンとマネージメントを二人に一任し、自分は隆平の体調管理に全ての情熱を注いでいる。

三人が各々の役割を十二分に果たしてくれている。互いにそれを知っているから、相手に多少の不満があっても口出ししない。ＴＯＭはトロイカ体制と自賛しているが、三者が認め合っていなければこんなに長続きはしなかっただろう。

「クラシックを取り巻く環境が厳しいのは関係者なら誰だって知っている。だからＴＯＭさんが必死に客を集めようとするのも理解できる。だが、スタジオミュージシャンだったはずのTOMさんは忘れているんだ」

「何をですか」

「客を集められるというのはカネを集められるということだ。カネを集められる者には社会的価値が認められる。客にしろカネにしろ、それを集められる力は貴重であり、どの分野にも求められる価値だからだ。もちろんモーツァルトにもそうした一面がある」

「知っています」

モーツァルトの時代、作曲家を含めた芸術家たちは教皇や貴族といった権力者をパトロンとして活動していた。そもそもモーツァルトが幼い頃から各地を巡業していたのはパトロン探しが主たる目的だったくらいだ。当然、創作物の方向はその時々の流行やパトロンの趣味に左右される。モーツァルトの作品の多くが明朗な長調であるのは、その時代延《ひ》いてはパトロンの注文が明朗さを求めていたからだ。

「モーツァルトは時代の要求に従って、注文に沿った作品を量産した。彼の作品数が多いのは、そうした事情にもよる。注文通りに作品を仕上げてくるから彼の社会的価値は高かったんだろうな。しかしモーツァルトには社会的価値とは別に音楽的価値があった。晩年はパトロンにも冷遇されて社会的価値は下落したが、音楽的価値は死後になって上昇した。今ではモーツァルトの作った楽曲が神からの贈り物であるのを疑う者は誰もいない。わたしが何を言いたいか分かるか」

「社会的価値よりも音楽的価値の方が重要だというんですね」

「いいや。社会的価値と音楽的価値は必ずしも一致しないと言っているんだ。ＴＯＭさんの言い分を聞いていると、隆平の社会的価値だけを重視していて、音楽的価値には重きを置いていない。もっとも、これはＴＯＭさんだけじゃなく、音楽マネージメント全体の風潮でもある。海外からも大勢の演奏家を招いておきながら選曲の自由を与えていない。今回はベートーヴェンで揃えてくれとかハイドンの何々は必ず演目に入れてくれとか。他にも素晴らしい作曲家や楽曲が数多《あまた》存在しているというのに有名どころしか演《や》らせない」

同感だった。隆平も他のピアニストのコンサートを聴きにいくが、現代音楽や日本の作曲家のものは滅多に演奏されない。逆にベートーヴェンの第九は、欧米では日本ほど頻繁に演奏されない。

「マネージメントをする人間が本物のクラシック音楽を理解していない。客集めカネ集めに固執し過ぎて音楽的価値を蔑《ないがし》ろにしている。こんなことが続けば本物を知らない聴衆が増えてしまい、もちろん真っ当な演奏家も育たないから日本のクラシック界はますますジリ貧になっていく」

潮田の焦燥がこちらにも伝わってくる。ＴＯＭとは別の角度ではあるものの、業界の行く末を案じているのは二人とも同じなのだと思った。
「何より隆平のピアニズムは多分に理論よりも感覚の占める領域が大きい。ピアニストとして伸び盛りのこの時、丸々一年をモーツァルト一色に染めてしまうことに危うさを感じる」

自分のピアノが他のピアニストと大きく異なるのは自覚している。それは視覚を持つ者と持たざる者の相違でもある。

隆平の失明は先天性のものであり、音楽に接した際も音符や楽譜といった認識はなかった。いや、認識がなくとも何の問題もなかった。

何故なら隆平は音符の概念がなくとも音楽そのものを理解できたからだ。神は隆平から視覚を奪う代償に絶対音感を与えてくれた。この絶対音感こそが隆平のピアニズムの基盤となった。即ち一度聴いた演奏を脳内で完璧に再現してしまうのだ。

楽譜とは作曲者が楽曲のイメージを記号化したソフトウェアだ。だから同じ楽譜であっても演奏者というハードウェアの性能如何《いかん》で放たれる音楽には相違が生じる。楽譜を読み込む際に楽曲の作られた背景、指示記号に込められた作曲家の意図を理解する能力が違うからだ。つまり楽曲→記譜→読解→演奏というプロセスを経て音が発せられるのだが、それぞれの過程で情報の洩《も》れや歪《ゆが》みが生じる。

ところが隆平の場合には一度聴いた音楽を完璧に再生してしまえるので楽曲→演奏

という非常にシンプルなプロセスになる。理想とする楽曲を聴き、後は指先が脳のイメージ通りに動きさえすれば同じ音楽を演奏できる。もちろん練習の過程で隆平独自の解釈やアレンジを加えるのも可能だ。潮田が『何より隆平のピアニズムは多分に理論よりも感覚の占める領域が大きい』と評するのは、そういう理由だった。

「いくら隆平の記憶能力が並外れていても、一年もコンチェルト三曲ばかり聴いていたら偏りが出る心配はないか」

「今までそういう経験がなかったので何とも言えません」

「モーツァルト・ツアーにはリターンもあるだろうがリスクもある。TOMさんのことだからリスクには気づいているんだろうが、あの人の立場なら当然リターンの方を優先させる」

「でも、今更公演をキャンセルするのは無理ですよ」

「それくらいは分かっているよ。ただ隆平の今後を考えたら、ツアー中であっても他の曲を聴くか弾くべきだ」

「ヴァイオリンやフルートならよかったんですけど。ピアノは持ち運びできないから」

「それも分かっている。ステージに上がっていない時にはDAP（デジタル・オーディオ・プレーヤー）で別の曲を聴くか、ひたすら演奏をシミュレーションする。お前なら容易《たやす》いだろ」

最近のＤＡＰとヘッドフォンは性能の向上が凄《すさ》まじく、フロア型スピーカーで聴く音質と大差ない。だが、やはり生のステージに勝るものではない。

「他の人のコンサートを聴きたいです」

「わたしもそれがいいと思うが、スケジュールに空きがないだろ」

「無理して作ります」

「そういう無理を由布花さんやＴＯＭさんが許すと思うか」

一年を通じたツアーなので一日のスケジュールはステージを最優先したものになる。他人のコンサートを鑑賞する時間を捻出するのは至難の業だろう。隆平の体調管理を担当する由布花はおそらく拒絶するに違いない。

「きっと許さないでしょうね」

「悩ましいよなあ」

わしわしと髪をまさぐる音がした。潮田が思案に暮れた時の癖だった。

「由布花さんもＴＯＭさんも全ては隆平を思っての発言だからな。これが隆平憎しで潰してやろうっていうなら相手を殴ってでも意見を通してやるんだがな」

「やめてくださいよ」

隆平が知る限り潮田という男は熱血漢で、間違っていると思ったことは相手が誰であれ、ずけずけ言うタイプだ。一度などはＴＯＭと同じ事務所に在籍しているアーテイストをこれでもかとこき下ろしたりもした。歯に衣着せぬというのはこういう言葉なのかと、隆平は感心したものだ。

「安心しろ。この三人の体制で長いこと続けてこれた。榊場隆平の名前がこれほど認知されたのはショパン・コンクールでの成績もあるが、チームあっての賜物《たまもの》だ。今更亀裂を走らせるつもりはない」

結局、どこかで無理をしなければいけないのだろうと思う。考えてみれば自分の実力でモーツァルト全国ツアーを敢行すること自体が無理か、さもなければ無茶な企画なのだ。演奏者自らが無理をしなくていいはずがない。

「大成する人間は、どこかで無理をするものなんだよ」

潮田は一段トーンを落とした。

「芸術家、アーティスト、創作者、表現者、何でもいい。およそモノを創る人間は上のレベルに移行する際に必ずと言っていいほどトップギアが入っている。作品の内容も然《しか》り、数も然り。こういう仕事をしていると、いつかとんでもなく忙しい時期、あるいは忙しくならなきゃいけない時期がくる。それはつまり時代が彼および彼の芸術を希求しているからだ。天才と称される人物の多くもこの例外じゃない。私見だが一時期の量産というのは天才に求められる資質の一つだと思っている。モーツァルトがまさにそれだな」

淡々とした語り口だが、聞いていてどこか不遜な印象があるのは何故だろうと思う。

少し考えて合点がいった。

潮田は大成とか天才とかを他人事としか捉えていないからだ。

「だから隆平がトップギアを入れることには何の異存もない。ただ、それが今なのかどうなのかが、わたしには判断がつかない」

「先生がツアーに反対しているのは、それが理由ですか」

「悪かったな。器が小さいんだよ。自分で納得できないことには簡単に同意できない」

ただし、その器は隆平のためのかたちをしている。どうして自分のような人間に、これほど親身な人がついてくれるのか不思議でならない。

物心つく頃から自分は周囲に迷惑ばかりかけてきた。生まれ持ったハンディのせいで、普通ならかけずに済むような苦労を母親に負わせた。父親が死んでからは尚更《なおさら》だ。実家から相続した資産があっても尚、由布花は隆平の世話を決して他人には頼まなかった。いくら経済的に困らずとも、視覚障害者の世話はただ子どもの面倒をみるよりもずっと大変だ。

援助者は視覚障害者の目にならなければならない。

お茶やコーヒーを勧める場合や外出先で勧められた場合は、援助者は手を添えて器に触れさせなければならない。テーブルに置くだけでは、手探りをしているうちに中身をこぼしてしまい、下手をすれば火傷《やけど》をする危険があるからだ。実際、隆平は幼い頃に熱いスープをこぼして軽い火傷をした。その時の由布花の狼狽《ろうばい》ぶりは火傷をした隆平当人が気の毒になるくらいだった。

道路を歩く時は更に注意を要する。援助者は常に車道側を歩いてくれる。車両の行き来に気を配る一方、歩道の側溝や道路の窪《くぼ》み、張り出した木の枝、看板などにも目を光らせる。一瞬の油断が事故に繋《つな》がりかねないと思えば、たかが散歩にも細心の注意を払わなければならない。

トイレ事情も深刻だ。先にトイレの中に入り、便器やトイレットペーパーや洗面所の位置を説明し、終わった時点で声を掛けるように伝え、トイレの外で待つ。

その他、日常生活の些末事《さまつごと》まで含めればきりがない。そうした数々の面倒を由布花は言うに及ばず、彼女のいない場面ではＴＯＭや潮田が引き受けてくれた。

潮田にもひとかたならぬ世話になっている。音符の概念から点字楽譜の読み方まで教わった。古今東西、これはという演奏を選んで楽曲分析の講義もしてくれた。視覚障害者相手では勝手が違うことも多々あるだろうに、そんな素振りはおくびにも出さなかった。後で、由布花から伝え聞いたところによると、わざわざ施設を訪れて職員から障害者との接し方を学んだということだった。

視覚障害を個性と捉えるのはポジティブな考え方で、当人の隆平も大いに賛同する。

だが援助する側に一定の手間をかけている事実に変わりはない。健常者も障害者も協力し合ってというのは、所詮きれいごとだ。

卑屈にならないで、といつも由布花は言う。仮に負い目に感じたとしても、隆平のピアノがもたらす感動はそれをはるかに上回るのだから。

隆平がピアノに傾注する理由の一つは周囲に対する恩返しの意味もある。手間をかける以上の感動をもたらす演奏をする。それが自分の存在理由であるような気がする。

「いったんツアーが始まってしまえば、わたしができることは限られる。せいぜい付き人の真似事くらいだ」

ピアノコンサートでは譜めくりが横に待機する場合があるが、元々楽譜を読まない隆平にはそれすら必要がない。

「先生がついてくれているだけで僕は安心できます」

「そう言ってくれるのは有難いが、御守り程度の役にしか立てないのはどうにも歯痒《はがゆ》い」

「お気持ちだけで充分ですよ」

「わたし相手に社交辞令なんか使うな」

潮田は笑いながら文句を言う。

「ショパン・コンクール以降、インタビューが増えて受け答えにそつがなくなったのは結構だが、世間ずれするのはいただけない。そういうのはわたしやTOMさんの領分だ」

「僕、今年で二十四ですよ」

「世間ずれっていうのは妥協の別名だ。お前はまだまだ世界に喧嘩《けんか》を売っていく人間だから傍若無人になれとまでは言わないが、畏《かしこ》まる必要もない。隆平の性分は承知しているから蛮族の勧めはしないが、少なくとも身内に対しては気を使うな。気を使うような余裕がまだあるなら、全部ピアノに注《つ》ぎ込め」

どんなに乱暴な物言いでも根底に信頼関係があるから嫌な気はしない。むしろ背中を押されるような励ましに思える。

「お前をツアーに送り出すまでにはまだ数日ある。送り出す限りは双方とも悔いのないように練習させる。覚悟はいいか」

「いつでも」

隆平は首を軽く振ってから両腕を鍵盤の上に翳《かざ》す。

3

ショパン・コンクールの入賞者ともなれば、音楽雑誌は元より新聞や一般誌からも注目される。『榊場隆平　モーツァルト・ツアー』が公式発表されると、そうしたメディアのいくつかがインタビューを申し込んできた。

『プロのピアニストでもステージでモーツァルトを弾くのは躊躇いがあると聞きます。やはりショパン・コンクールのファイナリストという自信が今回のツアーを行う原動力となったのでしょうか』

『特に自信があるからじゃなく……あ、もちろん皆さんにお聴かせするレベルなのは当然なんですけど、ピアニストとして好きな作曲家の一人なのは間違いないので……発表会で最初に弾いたのも〈きらきら星変奏曲〉でしたしね』

『一番好きな作曲家ということですね』

『好きな作曲家の一人です』

『モーツァルト、クラシック・ファンでなくても超有名ですよね』

『そうですね。テレビCMとかバックで流れている曲は何げにモーツァルトの曲が多いですから』

『敢《あ》えてポピュラーな作曲家をフィーチャーしたのは、昨今のクラシック離れを食い止めようという考えからなのでしょうか』

『……えっと、そんな大それた考えは持っていません。まだ教わることの方が多くて』

『ウチはクラシック専門誌なんですけど、今回のモーツァルト・ツアーも含めて最近のコンサートはどこも十九世紀以前に作られた曲を繰り返し演奏している印象が強いのですが、所謂《いわゆる》前衛音楽と呼ばれるシュトックハウゼンやブーレーズ、シェーンベルクといった作曲家を取り上げる予定はありますか』

『ブーレーズは僕も好きな曲がありますけど、ステージで演る予定は今のところありません』

『アルヴォ・ペルトやシュニトケ、グレツキはどうですか。彼らは現代音楽でありながら前衛のような実験的な音楽ではなく、ちゃんと聴けるメロディだと思いますが』

『アルヴォ・ペルトは新しいですよね。熱心なファンの人も多いと聞いています』

『ステージで弾く予定はありますか』

『すみません。予定はないです』

『つまり榊場さんは、現代音楽よりもモーツァルトに代表される古典派の方に演奏価値を見出しているということですね』

『来ていただいたクラシック・ファンの人が満足してくれる演奏を心掛けています。それは当分、変わらないと思います』（『帝都新聞』日曜版　文化・芸能コラム）

「何、これ」

インタビュー記事を読んでいた由布花は、とうとう癇癪《かんしゃく》を起こした。

「まるで隆平さんが古典派しか興味ないような書き方じゃないの。隆平さん、あなたホントにこんな受け答えしたの」

「違うよ、由布花さん」

由布花の横にいるTOMは言下に否定した。

「インタビューの時には俺も同席してたけど、隆平くんの回答はこんなニュアンスじゃなかった。現代音楽についても機会があったら弾いてみたいと言ったのに。そうだよね」

「はい。そう答えたつもりです」

「それがどうして現代音楽を無視しているような内容に」

「これは俺のミスだった」

TOMがテーブルを叩く音がした。

「全国紙で購読者も多い。文化・芸能のページでほぼ一面を使ってくれるという約束だったから引き受けたんだけど、担当者のプロフィールまで調べてなかった」

「何か変な経歴なの」

「以前は某野党の党首べったりの政治記者だった。この党首ってのが大のクラシック・オタクでしかも現代音楽のファンだった」

「その党首さん、知ってる。『レコ芸』で見たことある」

「党首の影響ですっかり現代音楽のファンになったらしい。その後、問題を起こして転属したんだが、どうやら大衆に迎合した古典音楽がお嫌いらしい。だからモーツァルト・ツアーを行う隆平くんは一種の仮想敵に映ったのかもしれない」

「そんなの偏見じゃないの」

「『帝都新聞』自体がリベラルを標榜《ひょうぼう》しているから権威あるメジャーどころを軽蔑しているきらいがある。偏見どころか社風に合致した見事な記事だ」

「この記事を読んだ人がチケットを払い戻したりしないかな」

「それは大丈夫だよ、由布花さん」

ＴＯＭは宥《なだ》めるように言う。

「この手の記事を読む人間は書いてある内容はすぐ忘れる。でも榊場隆平の顔と名前とモーツァルト・ツアーが開催されることだけは記憶に留《とど》まる。内容じゃない。要は露出度だよ」

「顔」

傍聴していた隆平はそのひと言を聞き逃さなかった。

「新聞に僕の顔が載っているの」

「インタビュー記事だもの。当たり前じゃない」

「どれくらい」

「手の平サイズ、かな」

羞恥がじわりと広がる。メディアに取り上げられて久しいが、写真が載るのだけは未だに慣れない。自分で記事を目にする訳ではないものの、他人に晒《さら》すことに抵抗を覚える。

「露出度が重要なのは分かるけど、掲載される前に少しは修正できなかったの」

「何しろ新聞だから。新聞は原則、取材対象者に完成原稿見せないんだよなあ。対象者本人に検閲を許したら報道の主体性を明け渡すことになるとか、どんだけ自分の書いたものに自信あるんだって話だけど、政治部をはじめとしてプライドと傲慢の固まりだからさ。無知な大衆に高尚な音楽とやらをご教授したくてうずうずしている」

ＴＯＭが新聞を毛嫌いするのは理由がある。スタジオミュージシャンだった頃、やはり文化面でずいぶん批判的な記事を書かれたらしい。当時は若かったから余計に腹が立ち、未だにしこりが残っているのだと言う。

「まっ、『帝都新聞』はこんな調子だけど『月刊Piano』とか『音楽の友』とかの音楽雑誌はちゃんとゲラを見せてくれるし、そもそも隆平に好意的だ。こんな偏向した記事、自分が気に食わないって理由でアーティストを蔑ろにするなんて音楽を愛する人間の行動じゃない」

最近、隆平も思うのだが、本来音楽に高尚も下賤《げせん》もない。クラシックだろうがヒップホップだろうがパンクだろうが全てはリズムとメロディの集合体だ。魂を慰撫《いぶ》し鼓舞もする。ジャンルに貴賤などなく、ファンがめいめい楽しめればそれでいい。殊更に一つのジャンルを有難がり祭り上げるのは、どこか不健全な気がする。

「でもTOMさん。今日の取材は大丈夫なの。相手は新聞でも音楽雑誌でもないんでしょ」

「『週刊春潮』。政治から芸能ネタまで扱う総合雑誌だよ。今話題の人物をフィーチャーするというコーナーで取り上げてくれるらしい」

「どんな記者さんなの」

「総合雑誌からの取材は初めてで勝手が分からない。寺下《てらした》って記者らしいけど『週刊春潮』のホームページを閲覧してもプロフィールが出てこなかった」

「わたしも雑誌名くらいは知っているから、ちゃんとしたところよね」

「版元は大手出版社だから、そんなに変な記者は雇っていないはずなんだけどね」

「そうよね」

二人とも、不安材料があっても無理して自分を誤魔化しているような口ぶりだった。いや、自分を誤魔化すというよりは隆平を不安がらせまいとしているように感じる。

「重要なのは総合雑誌という点だよ。全国紙と同様、クラシック・ファン以外の人間が目にする。記事で隆平に興味を持ち、コンサートに足を運んでくれるかもしれない。ファンを増やすにはまたとない機会なんだ」

TOMは隆平の肩にそっと手を置く。

「ちゃんと俺が横についている。ヤバい質問だと思ったらすぐに合図するから、答えを中断してくれないかな」

それではまるで操り人形ではないか。

「ヤバくても答えなきゃならない質問だったらどうするんですか」

「俺が代わりに答えてあげるよ。安心してくれ。相手が不快に思うような受け答えはしない。これでも長年マネージャーを務めている。一時はアイドルタレントも担当したけど、あの時に比べればなんぼかマシだ」

「そんなにひどかったんですか」

「取材対象がアイドルとなるとさ、興味本位で下世話な話しか振ってこない。本人の抱負や展望なんて最初から訊く気がない。後から修正を指示するのがひと苦労だったよ」

自分は間違ってもアイドルではないから、比べれば確かに楽な部類だろう。下世話なネタはせいぜい視覚障害に関する興味くらいだが、それなら別にどうということはない。

わざとらしい憐《あわれ》みの声も聞こえよがしのやっかみも、今まで散々浴びてきたのだ。

「はじめまして」

寺下博之《ひろゆき》という記者は約束した時間よりも早くやってきた。

隆平は顔を見ることができないが、声だけでおおよその人相を想像する。太い声を発する者は首が太い傾向にあり、細い声を出す者はやはり首が細めだ。また顎のかたちや口の大きさでも声質に違いが出るし、大体の人相も見当がつく。由布花に確かめてみると、隆平が思い浮かべた人相と実際のそれは大きく違わなかったのだ。

寺下の声は細く、そして粘り気があった。本人の人となりは別として、寺下の声はあまり耳に心地いいものではなかった。

「榊場隆平です」

「マネージャーのTOM山崎です。本日はよろしくお願いします」

お互いから衣擦《きぬず》れのような音がするのは名刺交換をしているからに違いない。

おや、とTOMの訝《いぶか》しむ声がした。

「寺下さん、『週刊春潮』の記者さんじゃないんですか」

「ああ、わたしはフリーなんですよ。企画を持ち込んで記事を売ってます。今は春潮さんの半ば専属みたいなかたちですね」

「というと、榊場隆平へのインタビューも寺下さんの持ち込み企画という訳ですか」

「ええ。『週刊春潮』は芸能ネタに強いんですが音楽、分けてもクラシック分野には疎《うと》くて、折角榊場さんが注目されているというのに取り上げようとする者がいない。それでわたしが企画を出した次第です」

「企画、通ったんですね」

「まあ、記事の出来如何で掲載見合わせなんてのもしょっちゅうなんですけどね」

寺下は自嘲気味に言うが、何やら高慢さの裏返しのようにしか聞こえない。

まずいな。

隆平は少し危ぶむ。フリーライターに偏見を持っていないし、寺下の性格を知っている訳でもない。しかしこの先に待つインタビューの内容が和やかな雰囲気になるとは思えない。特にこれといった根拠はないが、どうにも不安を覚える。

「最初に確認したいのですが、インタビュー記事のゲラ原稿は手前どもに見せてもらえるんですか」

「それは構いませんが校了まで時間的な余裕がないので、できれば部分的な修正程度で済ませてほしいですねえ」

「榊場の意図が着実に反映されていれば大きな修正は必要ありません」

「留意します。それでは録音をよろしいですか」

「構いません」

目の前にことりと物の置かれる音がした。おそらく小ぶりのＩＣレコーダーだろう。最近のレコーダーはどれも手の平に収まるくらいの大きさなので、置いた時の音が軽い。

「ざっくばらんに雑談するようなかたちで。ホントに気楽に答えてくれれば結構です。最初は世間話から始めようと思います。最近、何か面白いことや驚いたことはありませんでしたか」

「ずっと練習室に籠っているので特段面白いと思ったことはないです」

「ツアーを控えているからですよね。公演がない時はどこかに出掛けたりしますか」

「公演がない時には他の人のコンサートに出掛けることが多いですね。他の人がどんな風にピアノを弾くのか、とても参考になるので」

しばらく他愛もない話が続き、次第に隆平の警戒心も解れてきた。始まる前はどうなることかと思ったが、やってみればさすがに人から訊き出すのが上手《うま》い。適度にこちらを持ち上げ、適度に刺激してくるので話が停滞しない。ツアーに向ける意気込み、今回の演目に協奏曲の20、21、23番を選んだ理由などを訊かれ、隆平の回答にも興が乗る。普段はあまり話さない隆平も、こと音楽の話になれば能弁となる。話すのが嫌いなのではなく、興味のない会話を続けるのが苦痛なだけなのだ。

「ところで榊場さんがピアノを弾き始めたのはいつ頃からでしょうか」

「自分では憶《おぼ》えていないんですけど、一歳でつかまり立ちをするようになってからだと聞いています」

「何と一歳から。天才のエピソードですねえ」

「ちゃんとした曲を弾いたのは次の歳からだったそうです。母親が練習曲を弾き、後から僕がそれを真似るというかたちでした。そんな天才なんて言い過ぎですよ」

「いやいやいやいや、二歳から練習曲って大概ですよ。栴檀《せんだん》は双葉より芳《かんば》しというヤツですね」

寺下の言葉にわずかながら揶揄の響きが聞き取れた。互いに慣れてきたので丁重さが砕けたのかと思ったが、そうではなかった。

「そういう天才のエピソード、他にありませんか」

「えっと、他の人がどんな風にしてピアノに馴染《なじ》んでいくのか僕は知らないので、違いというのがよく分かりません」

「たとえばですね、演奏中に悪魔の姿をした者が現れて踊り始めたとか」

寺下が例に挙げたのはヴァイオリニスト、ニコロ・パガニーニのエピソードだ。ウィーンで行われたコンサートではステージに悪魔が現れたと主張する人が続出したのだと言う。更にはステージで演奏するパガニーニを見ているパガニーニが聴衆の中にいたとか、もう一人のパガニーニが獣人姿で宙に浮かんで自分の演奏を見ていたという話も伝わっている。いずれにしてもエピソードというよりはファンタジーの範疇《はんちゅう》に入る話だ。

一般的な逸話《いつわ》でもないので以前から寺下が知っていたか、それとも今回のインタビューに備えて事前に仕入れたかのどちらかだろう。インタビュアーとしては至極真っ当なのだと感心したが、しかし人物評価をするにはいささか早かった。

「残念ですね。たとえステージに悪魔が現れたとしても僕には見えませんから」

口にしてから、しまったと思った。聞きようによってはブラックジョークと受け取られるかもしれない。

「〈禿山《はげやま》の一夜〉とか〈魔弾の射手〉とかを聴いていると、イメージの中に悪魔が出てくることはあるんですけど」

「実際に悪魔と対面したことはありませんか」

話が妙な方向に傾き始めた。それでもＴＯＭから制止が入らないので対応を続ける。

「現実で悪魔に出逢った人なんているんですか」

「大勢いますよ。マスコミ関係者にも。わたし自身、そういう人間を沢山見てきました」

「面白い話ですけど、音楽業界には関係なさそうですね」

「いえいえ」

寺下は面白がるように言う。

「音楽業界にも悪魔と出逢った人がいます。ああ、こういう言い方だと『ムー』の取材みたいだな。正確に言えば、悪魔に魂を売った人という意味です」

不吉な予感がした。だが、まだＴＯＭの制止は入らない。

「あなたの言っている意味がよく分かりません」

「二年前、現代のベートーヴェンとして時代の寵児《ちょうじ》と持て囃《はや》されていた作曲家。自ら感音性難聴による両耳全聾《ぜんろう》と吹聴《ふいちょう》していたが実は嘘八百で、楽器の音はもちろん聴こえていたし日常会話もできた。その上、全聾の作曲家として売り出した頃からの曲はゴーストライターの手によるものだった。彼はベートーヴェンじゃなくて、ただの詐欺師だった」

その話なら隆平も聞き知っていた。件《くだん》の人物はクラシック界でも有名な人物だったので、詐称とゴーストライター疑惑が週刊誌で報道され、本人から自筆の謝罪文が弁護士を通じて発表されるなり蜂《はち》の巣をつついたような騒ぎに発展した。

聴覚に障害を持つことは音楽家にとって致命的なハンディだ。音の世界で生きる者が聴覚を奪われるのは死刑宣告に等しい。ベートーヴェンは作った楽曲の素晴らしさで〈楽聖〉と謳われているが、難聴に苦しめられながら音楽活動を続けてきたという事実が彼を一層神格化させている。

「彼と、彼のゴーストライターを引き受けた人物も悪魔に出逢った人たちですよ」

障害についての詐称やゴーストライターを雇うのが悪魔に魂を売るような所業かどうか、隆平には判断がつかない。ただし、やはり身体的なハンディを持つ隆平の立場として障害の詐称はあまりいい印象を持てない。自分はハンディを個性だと捉えているが、詐称する人間は明らかに障害を付加価値として扱っているからだ。

背中に軽く手が添えられる。ＴＯＭからの注意信号だった。

「あれは残念な事件でした」

こういう言い回しなら、どこにも角は立つまい。

「同じ業界にいる者として、音楽の世界に親しみや憧れを抱いている人には申し訳ないような気持ちになります」

我ながら自己嫌悪に陥りそうな美辞麗句だと思ったが、一連の騒動が残念だったのは事実だ。ゴーストライターに手を染めた当事者も、この世界では知られた人物だったので尚更だ。

「事件の当事者でもないので上手く言えませんが、僕ができることは真剣に音楽と向き合い、いい演奏を皆さんにお届けするくらいです」

「残念な事件だったと仰《おつしや》いましたが、それ以外の気持ちはありませんでしたか。たとえば急に怖くなったとか、焦りを感じたとか」

「ちょっと怖いなとは思いましたけど、焦りというのは別に感じませんでした」

「怖いというのは、いつか自分も二の舞いになるんじゃないかと。自分も彼のように詐称していたのがバレるんじゃないかと」

「ちょっと待ってください」

寺下の言葉をＴＯＭの声が遮る。

「聞き捨てなりませんね。あなたは榊場が自身のハンディを詐称しているとでも言うんですか」

「榊場さんがそうだと言っている訳ではありません」

ＴＯＭの抗議にも寺下は平然とした口調で返す。

「音楽業界では経歴の詐称やゴーストライティングは珍しくないと関係者から聞き及んでいます。楽曲そのものだけではなくアーティストの属性込みで売ろうとすれば、多少の脚色やレッテル貼りは必要になる」

「無礼だな、あなたは」

「そんなに突っかからないでくださいよ、マネージャーさん。年齢詐称や整形するアイドルなんて星の数ほどいるじゃないですか」

「そんじょそこらの泡沫《ほうまつ》タレントと榊場を一緒にしないでいただきたい」

「容姿を売り物にしているタレントと演奏技術を売り物にしているピアニストでは比較にもなりませんか。確かにピアニストが身体的特徴で虚偽を申告しようが、売りである演奏技術が価値を失うことはありません。しかしファンが属性込みで榊場さんのＣＤやコンサートのチケットを買っているのなら、それは大きな裏切りですよ」

「録音を消させていただく」

「ちょっとお」

テーブルの上からＩＣレコーダーが離れ、二人の揉《も》み合う気配が伝わる。

「他人の物を勝手に」

「勝手なのはどっちですかね」

「録られて困るような内容なんですか」

「誹謗《ひぼう》中傷の類でしょうが」

「わたしはただ、音楽業界に蔓延《はびこ》る詐称体質について榊場さんの意見を聞きたいだけですよ」

「そういうのを言いがかりと言うんです」

「誤解されては困ります。わたしは何も榊場さんの詐称を糾弾しようというんじゃないんです。業界内で詐称が当たり前の風土になっているのなら大したことじゃないんでしょ。だったらわたしや他のライターにスッパ抜かれるより、この機会にカミングアウトした方がずっとイメージダウンを抑えられる。窮鳥懐《きゅうちょうふところ》に入れば猟師も殺さずというじゃありませんか」

「いいこと言った風な顔してるんじゃないよ」

ＴＯＭの口調が次第に荒くなる。身内はともかく外部に対しては常に礼節を保ってきた男には珍しい場面だった。

「最初っから榊場を動揺させてフェイクニュースを拵《こしら》えるつもりだったな」

「人聞きの悪い。今やクラシック界を代表する新進気鋭のピアニストに詐称体質の是非をですね」

「出ていってくれ」

「取材拒否ですか。答えるべき質問に答えないと、疑っていない者まで変な気持ちになっちゃいますよ」

寺下は挑発するように言う。いや、これは勝ち誇るという言い方が正しいか。

「雑誌を読むヤツ全員が深い教養と真っ当な判断力の持ち主ならいいんですけどね。生憎《あいにく》この世には見え見えのフェイクニュースや陰謀論にあっさり引っ掛かる馬鹿が山のように存在します。そういう連中は一度嘘を刷り込まれたら、なかなか主張を覆そうとしない。元々が単細胞で、複雑に考えるのが苦手で、おまけにプライドだけは人一倍高いからです。もし榊場さんの視覚障害が虚偽だなんて話が広まりでもしたら、ファンは激減するんじゃないですかね。折角争奪戦の末に入手したチケットを払い戻す客も出てくるんじゃないですかね」

「出ていけと言ったはずだ」

　ＴＯＭが爆発寸前になっているのが分かる。

「警察を呼ぶ」

「うっふっふ。そうまでして質問には答えたくありませんか」

「隆平。もう何も喋らないで。この男の耳はおそろしく歪んでいる。相手の言うことを曲解するようにできている」

「それはライターとして当然の資質だと思いますけどね。さて、これ以上粘っていても進展しそうにありませんね。今日のところはおいとましましょう」

「二度と来るな」

「それはあなた方次第。では失礼します」

　ドアを開けて遠ざかる足音。どうやら寺下は退出したらしい。

「悪かったね、隆平くん」

　ＴＯＭは今までにないほど申し訳なさそうだった。

「もっと早いうちから追い出すべきだった。パガニーニと悪魔云々の話からあんな風に展開するとは予想もしなかった」

「僕もびっくりしました」

「挙句の果てにはデマに引っ掛かる方が悪いと言い出した。マスコミ人種の下衆《げす》さにはいい加減慣れたつもりだったけど、あの寺下というのは下衆のホームラン王だな。ネットのフェイクニュースが伝言ゲーム並みに微笑《ほほえ》ましく思えてくる」

ふう、と溜息を吐《つ》いてからTOMはしみじみと言った。

「この場に潮田先生がいなくて助かった。もし同席していたら、かなりの確率であいつに殴りかかっていた」

同感だった。

4

「どうして、わたしをその場に呼ばなかった」

寺下の件を聞くなり潮田は激昂した。声の激しさだけでTOMと隆平の予想が正しかったことが証明された。

「隆平の視覚障害が芝居だと。ふざけるな。確かに全聾詐称とゴーストライターの事件は悪質で弁護の余地は一切ない。だが、それで他のハンディを持つ演奏家に疑いの目を向けるなんて発想はどうかしている。お前、よく我慢していたなあ」

「先にとにかく驚いちゃって」

自分が責められている訳でもないのに、隆平は恐縮してしまう。

「これまで僕の目のことを、そんな風に疑う人なんて一人もいませんでしたから」

不意に沈黙が降りる。

潮田が懸命に言葉を探している。いったん激した潮田が黙り込むのは、いつも隆平を慮《おもんぱか》っている時と相場が決まっている。

「TOMさんと由布花さんは何と言っていた」

「TOMさんは雑誌の版元に抗議すると言ってました。母は信じられないと、とにかく怒り続けて、最後にはちょっと泣いてました」

「泣く、か。そりゃそうだろうな。隆平の目のことで苦労したのは隆平の次に由布花さんだからな」

いや、と隆平は胸の裡《うち》で否定する。苦労したのは自分と同等だった。悲しんだのはおそらく自分以上だった。隆平が物心つく頃から由布花は隆平にずっと詫《わ》び続けていたのだ。

ごめんなさい、ごめんなさい。

お母さんを許して。

別に母親の不養生や不注意で盲《めし》いた訳ではない。分娩した病院や医師のせいでもない。

原因は先天緑内障だと教えられた。

眼球の球状が安定しているのは房水と呼ばれる眼内液が眼壁に内圧を加えているからだ。房水は眼球内を循環し前房隅角《ぜんぼうぐうかく》（角膜と虹彩《こうさい》の境目部分を指す）を通ってシュレム管から排出されることで眼圧を一定に保っている。ところが隅角が発達異常すると排出がスムーズに行われず、眼圧が高くなって視神経が圧迫される。圧迫された視神経は損傷し、最悪の場合は失明してしまう。ちょうど隆平のように。

現在、先天緑内障に遺伝性は明確に認められておらず、また隅角形成異常の原因も判明していない。発見が早ければ眼圧低下を促すための手術も検討できるが、隆平の場合は病状の進行が速過ぎたために病名が分かった時にはもう手遅れだった。

だから誰のせいでもない。強《し》いて言えば神様の悪戯《いたずら》だ。

「ほんのちょっと想像力を働かせれば、視覚障害を抱えた人間の苦労は容易に見当がつく。それを詐称だの芝居だの、いったい寺下って男はどこまで性悪なんだ。個人的な好奇心ならまだ悪趣味で済むが、どうせスキャンダルで部数を伸ばすための薄汚い動機だろう。考えただけで胸糞《むなくそ》が悪くなる。お前もそうだが、同席していたＴＯＭさんがよく我慢したものだ」

「ＴＯＭさん、爆発寸前でした」

取材打ち切りを通告したTOMと寺下の声のやり取りを伝えると、へえと驚いた。

「対外的にはビジネスライクの塊みたいなTOMさんが相手のICレコーダーを取り上げたのか。よっぽど腹に据えかねたらしいな」

その場に潮田がいなくて助かったと、二人で胸を撫《な》で下ろしたことは黙っていようと思った。

潮田の憤りはまだ続いている。

「寺下の言動も業腹だが、それとは別に腹の立つことがある」

「まだあるんですか」

「寺下の発言の一部が的を射ているのさ。フェイクニュースにあっさり引っ掛かる馬鹿は山のように存在する。そういう連中は一度嘘を刷り込まれたら、なかなか主張を覆そうとしない。元々が単細胞で、複雑に考えるのが苦手で、おまけにプライドだけは人一倍高いから。悔しいが、それは真実を突いている。もし寺下が、隆平のハンディが芝居だと記事にしたら、信じる馬鹿は一定数出てくる。『週刊春潮』の発行部数を考えたら、馬鹿の数も相当多くなる」

「でも、いざとなったら僕は障害者手帳を公開できますよ」

「件《くだん》の両耳全聾氏も、最初は横浜市から障害者手帳第一種二級の交付を受けていたんだ。お前が手帳を公開したところで、疑うヤツは尚のこと疑う。そういう思考回路に嵌《はま》ると抜け出すのは至難の業なんだ」

　隆平は困惑する。自分は今年で二十四歳になる。演奏家としては年齢に不相応な経験をした気がするが、二十四歳の一般男性としては未熟なのではないかとの思いが払拭できない。

　視力のハンディが不便であるのはもちろんだが、汚れたもの不愉快なものを記憶しなくていいという数少ない利点がある。よく由布花は「〇〇なんてもう見たくもない」という言い方をするが、見方を変えれば見えない分だけ世俗の醜さから隔離されてもいるのだ。

　自分は音楽の優美さ華麗さを知っているが、人の醜さや悪辣《あくらつ》さは観念的にしか知らない。だから浅慮《せんりょ》な人間の話を潮田にされても今ひとつぴんとこない。

「TOMさんが版元に抗議してくれたのは正攻法だが、正攻法が通用しない相手もいる」

「まるでヤクザみたいですね」

「世の中には代紋を掲げていないヤクザも大勢いる。普通のオッサン、オバチャンのなりはしているが無理難題のクレームつけたり、風評被害を煽《あお》ったりするヤツがいる。守るべき仁義もないから、下手すりゃ本物のヤクザよりタチが悪い」

　生々しい話ではあるものの、やはり偽のニュースを本気にする者がそれほど多いとは思えない。これも自分が世俗に疎いせいなのだろうか。

「TOMさん、そいつから名刺もらったんだよな」

「確かめはしませんけど、名刺交換している雰囲気でした」

「フリージャーナリストなら、名刺には個人の連絡先が記載されているだろうな」

「先生」

嫌な予感がした。

「まさか相手の自宅に殴り込む気じゃないでしょうね。やめてくださいよ、そんな物騒な真似」

「おいおい、長年連れ添ってきた恩師を鉄砲玉扱いかよ。心配するな、もしまた来たら牽制する材料にするだけだ。月夜の晩ばかりじゃないと言ってやる」

「……先生の方がよっぽどヤクザじゃないですか」

「言っただろ。世の中には代紋を掲げていないヤクザも大勢いるって。さしずめピアノヤクザといったところかな」

少しも笑えない冗談だ。

「相手の塒《ねぐら》を知っておいて損はないぞ。自分の顔や名前、居場所が知られるとなると多くの人間は行儀がよくなるものだ」

「あの寺下さんがペンを持ったヤクザだったらどうするんですか」

「言うじゃないか」

やっと笑う口調になった。

「タチが悪いヤツに正攻法で向かっても限界がある。こちらは榊場隆平というブランドを背負っているから手荒な真似はできないと向こうは高を括《くく》っている。狙いどころだとは思わないか」

「だからやめてくださいって言ってるじゃないですか」

「これでも音大時代は武闘派として」

「いい加減にしてくれないと怒りますよ」

「悪い悪い。じゃあ練習に戻ろうか。しかしな、隆平。わたしとＴＯＭさん、性格の違う二人がともに警戒している意味は知っておいてくれ。直接会ってはいないが、寺下という男はアンタッチャブルな感じがする」

「映画のタイトルにありましたね。連邦捜査官でしたっけ」

「本来の意味はカースト制度の最下級、不可触賤民のことだ」

「一応、肩書はフリーライターですよ」

「肩書と人間性は一致しないことが多々ある。目に見える情報は惑わされやすい」

だから目の見えない自分は惑わされにくいと言うのか。

とんだ買い被《かぶ》りだと思う。たとえ誤ったものが混じっていても、情報はゼロよりもあった方がいいに決まっている。

「お前は少し自分の価値を自覚するべきだ」

「価値、ですか」

不意に振られて返答に詰まる。

今までに自分の価値を一度も考えなかったと言えば嘘になる。世の中には光や色があると知った時、同時に自分だけは感知することができないのだと知らされた。同い年の友人は一人で食事をし、一人で外出できるのだと聞かされた。

ハンディの元来の意味が「不利な条件」だと教えられて、自分はこの世に生を受けた時点で「不利」なのかと運命を恨んだ。だが由布花の献身が絶望を和らげてくれた。生きることに意味を見出せなくなった時も、少なくとも母親のために生きていようと思わせてくれた。

ともすれば劣等感と自己嫌悪に萎《しお》れる自分を励ましてくれたのはピアノだった。八十八鍵に向かう時、隆平の腕はピアノと一体化し自在に音楽を奏でる。譜面を読む必要はなく、一度でも演奏を聴けば、それが耳と頭に刻み込まれる。これは自分だけの特技で、他の人間には絶対に真似ができないと驚愕させられた。

たった一つの特技があったから生きてこられたと言っても過言ではない。だが、その特技は失われた視覚を補って余りあるものなのか。

ショパン・コンクールの入賞は確かに誇らしい。各国のファイナリストと触れ合い、自分が音楽の世界から祝福されているとさえ感じることができた。

だが、煎《せん》じ詰めればそれだけのことだ。ショパンを弾き、ベートーヴェンを奏で、モーツァルトを聴かせても、ステージを降りた隆平は一人で自由に歩き回ることもできない「不利な」人間に過ぎないのだ。

「正直、分かりません」

由布花には言えないことも潮田には言える。

「僕は他の人よりも多少ピアノが上手いだけで、それがどれだけハンディを補えるのか、どれだけ健常者に近づけるのか皆目見当もつかないんです」

「本気でそんなことを考えていたのか」

「ハンディのある人間なら、皆そうだと思います」

「ハンディのある者は健常者に劣るのか」

「感情論じゃなくて現実です」

「バーカ」

潮田は隆平の髪に手を突っ込んで掻《か》き回した。

「お前は健常者ってのを理想化し過ぎている。目が見えていても何も見えていない愚か者なんかいくらでもいる。折角の耳を持っていても碌《ろく》でもない与太話しか聞こえないヤツもいる」

それは先生が健常者だから。

言いかけた言葉を喉の辺りで留める。己の矮小《わいしょう》さを認める言葉だと思った。

「視覚障害の音楽家は数えきれないほど存在する。今更彼らの音楽性についていちいち論評するつもりはないが、こと榊場隆平のピアノの素晴らしさに関してはわたしが最高の評論家だぞ。『ピアノが上手いだけで、それがどれだけハンディを補えるのか』だと。ふん、補えるどころかはるかに超越している。いったい健常者の何人がショパン・コンクールに出場できると思っている。いったい何人のコンテスタントが入賞できると思っている」

「でも、それは、ピアノに限ったことで」

「ああ、ピアノに限っての話だ。だがピアノを弾くだけで人を慰めたり奮い立たせたりできるのは選ばれた人間にしかできない。目が見えていようがいまいが関係ない。音楽の神様から才能をもらった者の勝ちだ。いいか、隆平。寺下という下衆なライターが、どうしてお前にインタビューを申し込んだのか分かるか」

「ショパン・コンクール入賞者がコンサートツアーをするからです」

「その通りだが、正確には違う。榊場隆平というピアニストに取材価値があるからだ。お前の一挙手一投足を見ている大勢のファンがいるからだ。お前のゴシップやスキャンダルがスッパ抜かれるのを今か今かと待ち望んでいるアンチがいるからだ。平凡か平凡にもなれないヤツには誰も注目したりしない。だから、そういうヤツに限って自分を大きく見せたり、強い言葉、大きな言葉で目立とうとしたりする」

「それ、喜んでいいことなんでしょうか」

「少なくとも卑下するようなことじゃない。有名税なんて薄汚い言葉もあるが、無視されるよりはよっぽどいい」

潮田の考え方は理解できるし、クラシック音楽も一種の人気商売であることを考えれば、何事であれ注目されるのは必要なのだろう。

それでも尚、隆平は自分がマスコミの好餌《こうじ》になるような人間だとは思えなかった。

「その顔は、まだ納得いかないみたいだな」

「すみません」

「謝るなよ。うーん、隆平は他人の評価で一喜一憂するタイプじゃないからな。ああ、そうだ。ステージで全曲弾き終えて拍手を浴びる瞬間があるよな。あの時はどんな気分だ」

「普通に嬉《うれ》しいですよ。僕の演奏で楽しんでくれたんだと思うから」

「今度のツアーでは連日、そういう気分を味わうことになる。精魂込めた演奏をしたなら、尚更昂揚感が増す」

潮田は顔を近づけて誘惑するように言う。

「ツアーの全日程を終えた時、お前は延べ数万人の拍手喝采を浴びることになる。それだけの人間から祝福されたと思えば、必ず自己評価が変わってくるだろうな。演目がモーツァルト尽くしなのが難点だが、ツアー自体はお前を一つ上のステージに上げてくれる。わたしはそれを期待している」

Ⅱ
ancora amarevole

アンコーラ アマレーヴォレ

〜一層苦しげに〜

指をただ振り下ろすのではなく、鍵に意思を伝える。ピアノを支配するのではなく、自分と一体化させる。それが隆平の演奏スタイルだった。

このピアノは癪に障るほど強情だ。隆平がいくら気張ってみても、言うことを聞いてくれない。力を込めた打鍵はへなへなと音が萎れ、逆にソフトタッチしたはずの黒鍵が過剰反応してしまう。

どうしちゃったんだよ。

僕の声を皆に伝えてくれるんじゃなかったのかよ。

もどかしい気持ちが募る一方、演奏は千々に乱れていく。音は外れ、リズムは崩れていく。

頼むから指示に従ってくれ。

だが隆平の願いも空《むな》しく、奏でた旋律は空中分解し、テンポも音階も盛大に砕け散る。

隆平の耳には不協和音が響き渡る。隆平には納豆やくさやの干物など嫌いなものがいくつかあるが、中でも不協和音は天敵と言ってもいいくらいだ。

やめてくれ、止めてくれ。

これは僕の音じゃない。

隆平は必死に修正を試みるが、焦れば焦るほど音符は隆平の指からぽろぽろとこぼれ落ちていく。

遂に指が空を切り始める。

助けて。


叫ぼうとした瞬間、隆平の意識は違う断層にずれた。

夢だったのか。

隆平はベッドから上半身を起こし、疲れたように項垂《うなだ》れる。

隆平の見る夢は聴覚と味覚と嗅覚、そして触覚で構成される。ステージに立っている夢でも感じられるのはピアノの放つ音と歓声、鍵盤の感触くらいのものだ。そこには現実の世界と同様に光もなければ色もない。夢には体感できる事象しか現れない。

夢と現実との相違点がないので、覚醒しても現実だと認識するのにしばらくかかる。由布花に聞いたことがあるが、健常者の場合はもっと区別がつくらしい。おそらく視覚の有無が関係しているのだろう。

演奏が失敗する夢を見たのは六年ぶり、ちょうどショパン・コンクール・ファイナル前夜以来だった。ファイナル進出を決めた際、地元紙や大会関係者から天才と持て囃されたが隆平本人は自信を喪失し、その不安が見せた夢だった。

不安の原因は言わずと知れたもう一人の日本人コンテスタントだ。当時二十七歳、それまで国際的なコンクールに一度も出場しなかったので、俄然《がぜん》ダークホースとして注目を浴びた彼。そうだ。彼の演奏を聴いたがために隆平は不安に陥ったのだ。

本番ではそうした迷いを払拭し、隆平は見事入賞を果たした。その甲斐《かい》あってか、あれ以来、演奏が乱れる夢はとんと見なくなっていた。

ところが、その悪夢が甦《よみがえ》った。

何かの予兆だろうか。縁起でもないと打ち消してみるが、胸底に落ちた不安はなかなか解消されなかった。


「予想通り、とんでもないヤツだった」

隆平と由布花が昼食を終えた後、ＴＯＭがリビングに入ってきた。

「ずいぶん早かったのね」

「知り合いという知り合いに訊き回った。隆平くんの担当になってからクラシック畑で安穏としていたから情報が入ってこなかったんだな。クラシック界はあまりゴシップ誌に縁がないのが一因だ」

「言われてみれば女性週刊誌で指揮者や演奏家が取り上げられることって少ないよね」

「クラシック界の住人が妙にお行儀いいのか、それともニュースネタになるような有名人がいないのか、ワイドショーで騒がれるスキャンダルは皆無に等しいでしょ。他方、アイドルや人気俳優は事務所がぴりぴりするほどネタが転がっている。それこそ『週刊春潮』の記者あたりが二十四時間三百六十五日張りついているくらいだ」

ＴＯＭの話が多少誇張気味だとしても、二十四時間三百六十五日も芸能人のスキャンダルを追っているのはさぞかし大変だろうと素直に思う。

「寺下っていうライターもそのうちの一人って訳ね」

「いや、それが違うんだよ。普通の芸能記者はタレコミや噂《うわさ》を聞きつけて対象となる有名人に張りつく。スキャンダルが本物だった場合はいったん記事にした上、掲載するかどうかの判断は編集長が下す。その有名人の所属する事務所に一報入れて最低限の仁義を果たしてから雑誌を発売する」

「へえ。そんな仁義があるんだ」

「今後も付き合っていかなきゃならない相手だから、取材する方も事務所と全面戦争するつもりはない」

「仁義というより馴《な》れ合《あ》いよね」

「まあ、そう言わないで。で、寺下博之というのはそこそこ優秀なライターらしいんだが、未だにフリーを続けていてどこも正社員として採用していない。それはどこの編集長も寺下をコントロールする自信がないからだ」

「回りくどいわね。いったい寺下の何が問題なの。人間性が劣悪なのは分かるけど」

「寺下はネタを拾うだけじゃない。拾うネタがなければ自分で捏造《ねつぞう》するんだ」

「何それ」

「要するにガセネタだよ。たとえば噂レベルに過ぎない不倫ネタがあったとする。寺下は精緻な合成写真を作成して、事もあろうに取材対象を恐喝する」

まさか、と隆平は思った。

「二人には俄に信じ難いだろうなあ。でも実際にあった話なんだ。売り出し中のアイドルグループの一人がデビュー直前に援助交際をしていたという噂が持ち上がった。実際は根も葉もない与太だったんだけど、別のグループの一人が過去の男性遍歴をぶっちゃけた挙句、AV女優に転向するという騒動があってさ」

「あ。その話、憶えている」

「その機に乗じて寺下は、噂の主が男性とホテルから出てくる現場写真を捏造して事務所に取引を持ち掛けた。写真を高く買い取れという、まあお定まりのタカリだよ。普段ならそんな要求は突き返すんだが時期が最悪だ。事務所は泣く泣く捏造写真を言い値で買い取った。寺下はそういう真似を何度も繰り返してきたらしい。要するにゴロッキだよ。そういうゴロツキが棲息《せいそく》していられるのが芸能マスコミの世界なんだな。ついでに寺下の捏造写真では人死にも出ている。デビューしたばかりの女性タレントが風俗に勤めていたとかのガセネタを拵えて事務所に売りつけた。事務所が突っぱねると、寺下は風俗店のコンパニオン紹介写真を合成、出所不明の証拠写真としてネットに拡散させた。事務所は慌てて火消しに回ったけど、結局デビュー後はメディアの露出が控えられてブレイクもできず、女の子は数日後に自殺した」

「そんな馬鹿なことって、あるの」

由布花の口調は半信半疑だった。

「ガセネタで本人や事務所を強請《ゆす》るなんて。第一それが合成写真かどうかなんて本人が確認すれば一発で見破れるじゃない」

「たとえガセネタであっても、相手に後ろ暗いところがあったらどうなると思う」

「あ」

「第一、別に真っ当な紙媒体に掲載する必要なんてない。ネットで拡散すれば、その日のうちにトレンド一位になる。早い者勝ちだよ」

「名誉棄損か侮辱罪で訴えればいいじゃないの」

「訴訟に持ち込めば勝ちもするだろうさ。しかし寺下に賠償金を払うだけの財力がなかったら、どんな判決だって絵に描いた餅《もち》だ。ところがガセネタを拡散された相手のダメージは大変なものだ。裁判まで起こしてガセネタだったと証明されても、一度ついたイメージは払拭できない。有名人と一般人が同じ土俵で戦えば、どうしたって持っている人間の方が失うものが大きい。出るとこ出た時点で負けが確定している。訴訟に拘わる手間暇とダメージを考えたら、ガセネタを買い取った方がいくらかマシなんだよ」

由布花は黙っていた。自分の母親だから不吉さに声を奪われているのは容易に理解できる。

「クラシック畑の人間はアイドルほど認知度が高くない。ニュースバリューもない。だから今まで見過ごされてきた一面がある。だけど隆平くんは別だ。ネットにガセネタを拡散されたらこちらは防戦一方で、しかも消耗戦を余儀なくされる」

「でも隆平さんのハンディがお芝居だなんて、そんな話を信じるファンはいない」

「普通ならね。だけど由布花さんは忘れてるよ。例の両耳全聾氏の詐称が明るみに出たのは、ほんの二年前だ。あの一件でクラシック界が胡散臭《うさんくさ》いと思う人間が増えたのは事実だし、ハンディのある演奏家が以前ほど神聖化されなくなったのも確かだ」

「隆平さんを疑う人間がいるなんて考えられないんだけど」

「未だに天動説を信じるような人間は一定数いるからね。世の中には明らかなデマにすらホイホイ騙《だま》されるような連中が、ホントに呆《あき》れるくらいにいる。皆が自分と同じレベルだと思わない方がいい」

TOMの、どこか独善的な物言いが気になった。

気づかぬうち顔を顰《しか》めてでもいたのか、すぐにTOMの声が飛んできた。

「隆平くんはどうやら俺の言い草が気に食わないみたいだな」

「いえ、そんなことは」

「言葉より先に表情に出る。そういうところが君のいいところだが、せめて俺たちの前だけにしとけ。正直さが仇《あだ》になる時だってあるんだ」

「人は、そんなに簡単に騙されるものなんでしょうか。僕にはもう一つ、ぴんとこなくて」

「騙されるというより騙されたいのさ」

TOMは諭すように言う。

「思考停止。世の中には論理的に深く考えるのが苦手な連中が少なくない。そういう連中は誰かの言った、いかにもありそうな根拠のないデマに飛びつく。論理的に深く考えるよりデマに乗って騒いだ方が楽だし、正しいことをしているみたいで気持ちいいからだ。別に皮肉でも何でもないが、彼らは隆平くんよりもよっぽど物事が見えていない」

隆平は考え込んでしまった。

自分にはニュースバリューがあるとTOMは言ってくれるが、寺下のような男につけ込まれるのなら却《かえ》ってマイナスではないか。

「とにかく、もう金輪際寺下は近づけないようにする。隆平くんは潮田先生と練習に専念してほしい」

「そうします」

大体、最初からインタビューを受けることには腰が引けていたのだ。やはり自分は人間相手に喋るよりピアノと語らっている方がいい。

「隆平さんはね、こんな薄汚いライターなんかと会う必要ないんだからね」

畳み掛けるように由布花が口を差し挟む。二十四歳になった息子をまだ子ども扱いしているのが正直疎ましい。

「じゃあ、練習してきます」

二人に告げてから隆平はリビングから別棟の練習室へと向かう。別棟へは廊下で直線に繋がっている。位置も距離も身体が憶えているので、隆平一人でも難なく移動できる。

元は庭の一部だったのだが、隆平の演奏レベルが向上するに従ってアップライトピアノからグランドピアノに買い替え、ついでに練習室を増築した次第だ。深夜に音を出しても近所迷惑にならないよう、壁と床と天井にはそれぞれ防音材を埋め込み、開口部と言えばドアと採光窓と換気口のみ。加えて窓は二重サッシの防音仕様で嵌《は》め殺しになっている。一つきりのドアは内側から鍵を掛けられるが、入室する者は限られているので特に施錠もしない。

部屋に入ってドアを閉めてしまえば、そこはピアノと隆平だけの世界だ。邪魔者も夾雑物《きょうざつぶつ》も何もない。環境音も生活音も遮断され、他人の息遣いも足音も聞こえない。設《しつら》えられたエアコンは大容量で常時静穏モードに設定されている。

だが防音材とともに調音材で四方を囲んでいるため、残響音は豊かだ。試しに一音を放ってみると、五秒ほど音が棚引く。壁や天井からの反響音もはっきり聞き取れるので部屋の広さや高さまで手に取るように分かる。

練習室は隆平の聖域だ。時折、由布花や潮田が訪れる以外は自分とピアノしか存在しない。この部屋とグランドピアノを与えられた日は今でも憶えている。まるで母親の胎内に戻ったかのような安堵《あんど》と全能感に包まれて、この上ない幸せを実感したのだ。

さっき聞かされた話はひどく禍々《まがまが》しかった。〈禿山の一夜〉のような音楽的興趣はなく、ひたすらに生理的な嫌悪感をもたらせた。まるで首筋に粘着性の汚物が貼りついたような不快さだ。

気分転換が必要だと思った。軽快で、明るい響きを持つ曲。

世俗も忌《い》まわしい計算も彼方に追いやり、隆平は鍵盤にそっと指を這《は》わせる。

モーツァルトピアノ協奏曲第21番K.467。

第21番は第20番と並び、モーツァルト絶頂期に作られた傑作のうちの一曲だ。四旬節の予約演奏会のために作曲されたが、完成したのは本番の間際だったという。いかにも膨大な仕事を抱えていたモーツァルトらしいが、出来上がった曲はそうした苦労を微塵《みじん》も感じさせない。

取り分け有名なのは第二楽章だろう。アンダンテ、ヘ長調。不快さを振り払う意味を込めて、隆平はこの楽章から弾き始めた。

他の楽器を用意する必要はない。ヴァイオリンその他はオーケストラごとに分類され、脳内の記憶ファイルに収納されている。

ツアーが始まれば各地域のオーケストラと協奏することになるので、今くらいは隆平が好んでいるフィルハーモニア管弦楽団に協力してもらうとしよう。

まずヴァイオリンが優しく主題を歌い出す。誰もが一度は聴いたことのあるメロディだ。残念ながら隆平は観たことがないが、映画でもよく使用されているらしい。たゆたうような旋律を聴いていると、肉体がとろとろと溶けていくような気がする。

音符が緩やかに踊る。

ヴァイオリンの調べがゆっくりと上向し、それに従って隆平の気持ちも昂揚していく。

どうしてこんな主題を思いつけるのだろう。

自らも作曲に着手している隆平はモーツァルトに憧憬とも嫉妬ともつかない感情を抱く。たった一つの音が外れただけで台無しになる完璧なメロディ。まるで神が作った曲をモーツァルトが自動書記したのではないかと疑いたくなる。

次の瞬間、隆平の指が鍵盤を沈ませる。ここからピアノ独奏による主題の反復だ。躊躇いがちに、しかし一音一音は決して離さない。後ろで刻まれる三連符が曲の世界観をがっしりと支えている。

何度演奏しても、その度に恍惚となる。自分が独奏しているのに、そのメロディは真上から降ってくるようだ。

天上から降り注ぐ音楽。

神の創りし旋律。

次第に鍵盤を弾いている感覚も薄れ、ピアノの音にフルートとホルン、そして弦五部が静々と寄り添ってくる。転調すると、いったんメロディは立ち止まり、辺りを窺《うかが》うようにそろそろとまた踊り出す。

展開部に差し掛かると、メロディを短調に変え、哀《かな》しみの色を帯びさせる。優しげな転調とともに三連符が一瞬途切れる。

隆平はこのフレーズが甚《いた》く気に入っている。明朗と哀愁、長調と短調、陰と陽。著名な音楽評論家はこの部分を「異様」と表現する。長調でありながら哀しいというモーツァルト独特の世界だ。相反する二つの要素が絡み合い、音楽でなければ形容できない感情を創生している。

単純な喜びもなければ単純な哀しみもない。ちょうど目の見えない隆平が、視覚を奪われることで常人には望むべくもない悦楽を手にしているように。

神様から光を与えられなかった分、豊穣《ほうじょう》な音をもらった。常人にはただの一音でも、隆平の耳には倍音を含んだ多層構造の音に聴こえる。明確な意思を持つ音素の積み重ねに聴こえる。何かを失っても別の何かを得られる。全ては一面ではない。二面も四面もある。

中間部を過ぎても、メロディは軽快でありながら哀しみを帯びたままだ。そして時折り途切れがちになるが決して止まらない。時にピチカートで奏される上昇分散和音の拍動で支え続けられる。主題はゆっくりと旋回しながらまた始点に連れ戻される。楽節のカデンツァが弱まり、旋律が鎮められる。

多面性を持つこの緩徐楽章は第一楽章や第三楽章のようにティンパニやトランペットを使用せず、強弱記号もf（フォルテ）はほとんど使われていない。そのため旋律には絶えず陰翳《いんえい》が忍び、畏怖《いふ》にも似た憂愁がコーダまでを支配する。

再現部に入ると主題が戻り、隆平の指も徐々に加速する。喜びと哀しみを綯《な》い交《ま》ぜにしながら最終節に向かって疾走を始める。

隆平の心は肉体を離れてメロディに寄り添う。一体化はまだ無理だ。練習を重ね試行錯誤を繰り返していくと、ほんの数分間だけ自意識がなくなり、自身がメロディと融合する感覚に陥る瞬間があるが、今はまだその時ではない。

やがて音量を下げて短いコーダに入る。哀愁を帯びた主題を反復させながら隆平は静かに、そして囁《ささや》くように旋律を紡ぐ。モーツァルトの最もロマンティックな部分は、この小さな声に集約されている。細心の注意を払い、指先に全神経を集中させる。

音量を下げて最後の一音を放つ。

隆平は鍵盤から静かに指を離して、短く嘆息する。

たった七分余りの演奏だったが、心地よい疲労感が先刻までの憂鬱を雲散霧消してくれた。やはり自分にとって音楽は糧であり、精神安定剤であり、強壮剤なのだろう。

だが隆平の安寧は二日と保《も》たなかった。

ツアーを翌日に控えた十一月二日、隆平と由布花、そして潮田を加えた三人は初日の会場に予定されている東京文化会館に足を運んだ。

東京文化会館は隆平も好きなコンサートホールだった。創立自体は一九六一年と古いが一昨年リニューアルしたばかりなので、最新と言ってもいいだろう。アリーナ型、座席数は大ホールが二三〇三席、小ホールが六四九席。クラシック専用ホールとしても有名で、東京ではサントリーホールができるまでこのホールこそが日本クラシック音楽界の聖地だったと聞いている。隆平は響きのより豊かな小ホールの方が好きだが、TOMは「ツアー初日が小ホールでは話にならない」とにべもなかった。

東京文化会館が本拠地ということもあり、初日の協奏相手は東京都交響楽団となる。今日はステージの下見と衣装合わせを兼ねたゲネプロ（最終リハーサル）でやってきた次第だ。

ショパン・コンクール以降、こうしたプロのオーケストラとの共演がとみに多くなった。隆平のピアノが世界的に認められれば自《おの》ずとそうなるだろうと由布花は誇らしげだったが、隆平自身は気後れしていた。目の不自由な自分に、プロのオーケストラがどう対応してくれるのかがまだ不安だったためだ。しかし結果的にそれは杞憂《きゆう》に過ぎなかった。ショパン・コンクールの時と同様、日本の交響楽団も隆平の目が見えない事情には何の支障もないことを証明してくれたからだ。

衣装合わせをする寸前、ホールに入ると調律の音が聞こえてきた。

隆平はこの音も大好きだった。調律はまだ頑《かたく》なで本来の音程もバランスも狂っているピアノを正常に戻す作業だ。こうしたコンサートでは調律師をホールが手配する場合と主催者が手配する場合、そしてアーティストが指定する場合があるが、今回は潮田が直接人選して依頼している。

作業の音を聞いているだけで調律師が確かな腕だと分かる。

「今日もよろしく、榊場さん」

声を掛けてきたのは指揮者の矢崎《やざき》ゆかりだった。女性の指揮者はまだまだ珍しいが、彼女はまさに新進気鋭のホープであり、何度か稽古してみたが隆平とも波長が合っている。

指揮者にも色々なタイプがあり、中には練習嫌いという御仁もいる。そういう指揮者はつまみ食いのように要所要所を抜き出して練習するのだが、矢崎ゆかりはちゃんと全曲通してくれるので信頼が置けた。

どうやら調律は終わったらしい。後は衣装合わせをしてゲネプロに臨むだけだが、隆平の耳が客席からの声を拾った。ゲネプロは公開であることが少なくなく、こうした観客の声がするのも別段珍しくはないが、その内容が引っ掛かった。

「でも、あの話、本当なの」

「本当だったら幻滅よねえ。折角高いチケット買ったのに」

「榊場くん、大掛かりなコンサートって、これが初めてだよね」

「もし視覚障害が芝居だったら、いくら何でもツアー中にバレると思うよ」

聞き咎めた隆平は問い掛ける。

「矢崎さん、客席の人、何を言ってるんですか」

「何が聞こえるんですか」

「『もし視覚障害が芝居だったら、いくら何でもツアー中にバレると思う』って」

矢崎ゆかりの返事が一瞬遅れた。

「……わたしには聞こえなかったけど、榊場さんには聞こえるんですね」

「矢崎さん」

慌てて由布花が間に割って入った。

「何も本人に伝えなくても」

「伝えなくても、榊場さんには伝わってしまうんですよ。それなら隠したところで、あまり意味はないんじゃないでしょうか」

由布花が黙り込んだのは、矢崎ゆかりの言葉が正しいと判断したからに相違ない。

「昨夜、いきなり複数のサイトで榊場さんの噂が飛び交ったんですよ。真っ当なニュースサイトではなかったから、本当に噂というか誹謗中傷の域を出ないのですけれどね」

すぐに寺下の名前と粘り気のある声を思い出した。

「お母さん、知ってたの」

「本番直前で動揺を与えたくなくて」

「潮田先生は」

「昨夜は早く寝た。わたしも今、初めて知った」

「どんな噂なのか教えてよ、お母さん」

由布花が逡巡《しゅんじゅん》しているらしいのは雰囲気で分かった。

「隆平さんがどうしてもって言うなら。でも、せめてゲネプロが終わった後にした方がいいと思う」

懇願口調の由布花に押されるかたちで、ネットに拡散された噂とやらを聞いたのは昼過ぎとなった。

投稿の内容はこんな具合だった。

『〈全国モーツァルト・ツアー〉を間近に控えた盲目のピアニスト榊場隆平に、ある疑惑が持ち上がっている。それは彼が本当は健常者であり、目が見えないのは「キャラ設定」ではないかとの疑いだ。知っての通り、榊場隆平は二〇一〇年のショパン・コンクールで見事入賞を果たした有名人だが、その人気の一因に本人の視覚障害が寄与しているのは疑いもない事実だろう。

しかし、その要因が噂通り単なる「キャラ設定」だとしたら倫理的にどうだろうか。見えるものを見えないと言い張るのは可能だし、視覚障害者の歩き方も少し練習すれば習得できる。眼球の白濁もカラーコンタクトという手段がある。何より、あれほどの演奏テクニックを誇るピアニストが楽譜も読めないというのは、どうにも考えにくい。

音楽業界には経歴詐称やゴーストライターが珍しくないから、この程度はプロモーションの一部だと割り切る向きもあるだろうが、さすがに障害の有無を宣伝広告の手段にするのは人道的に問題がある。当の榊場隆平はこの疑惑にどう答えてくれるのだろうか』

内容を読み上げてくれたのは潮田だった。母親の由布花が躊躇う内容でも、潮田なら包み隠さず伝えてくれると信じていた。

「例によって何の根拠もない憶測だ。文面を読む限り、投稿主は例の寺下というライターである可能性が高い」

潮田は敢えて怒りを抑えた口ぶりだった。

「そういう記事にはコメントとかつくんですよね。どんなコメントですか」

「コメントは全部匿名だ。そして匿名コメントのほとんどは経済的か精神的に満たされない人間による誹謗中傷だ。要するに悪意の反吐《へど》みたいな代物だ。お前が見るようなもんじゃない」

潮田はそう言って話を畳んだ。

隆平は続きを諦めて鍵盤に指を伸ばしたものの、鬱々とした気持ちは胸の襞《ひだ》にこびりついたままだった。

2

十一月三日、コンサートツアー初日。

ＴＯＭ山崎はステージ・マネージャー藤並《ふじなみ》との打ち合わせに余念がなかった。

ステージ・マネージャーはホール全体の総責任者だ。楽屋の運営、受付の手配、舞台上での指示、演奏者への配慮、タイムキーパー、照明の指示その他を取り仕切る。ホールの進行だけではない。イベントの運営能力からアーティストの体調や楽器や奏者の位置による音響判断まで鋭敏な耳と広範な音楽的知識や見識が要求される。

「満席ですよ」

藤並は興奮を隠しきれない様子だった。

「海外からの招聘《しょうへい》でもない限り、大ホールでのクラシック・コンサートで満席というのは一流の証《あかし》ですよ」

「ありがとうございます」

たとえ社交辞令が入っていたとしても隆平を褒められるのは我が事のように嬉しい。

「榊場さんのコンディションはどうですか」

「ＴＯＭさんがそう仰るのなら大丈夫でしょう。すみません」

「全く問題ありません」

遠慮がちな話し方でぴんときた。

「昨夜のネットでの騒ぎをご承知ですか」

「コンサートツアーの前評判をチェックしようと『榊場隆平』で検索をかけたら一発でしたからね。いや、誹謗中傷にしてもあれはひど過ぎる。実はＴＯＭさんの言葉を聞くまでは心配だったんです。あの投稿で彼のメンタルがやられはしないかと」

「お心遣いありがとうございます」

「彼はあんな投稿ごときで潰れていい才能ではありません」

藤並はこちらの目をじっと見た。滅多にないことなのでＴＯＭは少なからず驚く。

「榊場隆平はこれから日本のクラシック界を牽引するアーティストです。大事に育ててください」

顔つきで、藤並の言葉が社交辞令でないと分かる。藤並は社交辞令くらいは口にするが、心にもない世辞を言う男ではない。

「責任重大ですが、マネージャー冥利に尽きますね」

「ツアーのご成功を祈っています」

藤並と別れてから楽屋へと向かう。いくらか足早になっているのは気が急《せ》いているからではない。誹謗中傷への憤りと藤並への感謝が交錯して収まりがつかないのだ。

そうだよ、藤並さん。

榊場隆平はこの国のクラシックを変えてしまう可能性を秘めている。初めて彼のピアノを聴いた時に直感した。だから当時担当していたアイドルのマネージメントを放り出してまで押し掛けた。

スタジオミュージシャンとしてキャリアを積んできたが、長年同じ仕事をしていれば自分の才能の残量も行く末も見えてくる。自分以上の才能がひしめき合っている世界だから尚更だ。せめて過去の実績が色褪《いろあ》せないうちに鞍替《くらが》えしよう。そう目論《もくろ》んでマネージャー業に転身したものの、新たな仕事は失意の連続だった。

アイドルに音楽性を求めるのはナメクジに空を飛ぶことを期待するようなものだから、最初から人気だけを考えていた。だがアイドルには賞味期限と経年劣化がある。旬を過ぎたアイドルが次々と表舞台から消えていく中、ＴＯＭは己が絶対的な才能を希求していたことにようやく気づいたのだ。自分以上の才能、音楽の世界を塗り替えてしまうような才能に巡り合いたいと願っていたのだ。

隆平のピアノと遭遇したのは、ちょうどそんな時だった。一聴するなり雷に打たれたような衝撃を味わった。

とうとう見つけた。

これだ。

この稀有《けう》な才能を飛躍させるために自分はマネージャーになったのだ。

隆平のピアノに接すれば接するほど才能の底が見えなくなる。音楽をしていた者なら誰もが思い知っている。この世には音楽の神ミューズに祝福された者とそうでない者が歴然と存在する。榊場隆平は明らかに祝福された者の一人なのだ。

神から祝福された才能を我が手に預けられた気分だった。

この才能を潰してはならない。

榊場隆平を穢《けが》してはならない。

胸に湧き起こる何度目かの衝動に突き動かされて、TOMは楽屋へと向かう。

案の定、楽屋のドアは施錠されていなかった。TOMは心中で舌打ちをする。どこのホールにも楽屋泥棒が出没する。だから楽屋は必ず入退室の度に施錠するのが習わしになっている。TOMがポップス系アイドルのマネージャーをしていた頃は、厳重な警備と徹底したID管理が当たり前だった。ところがクラシックの公演では警備のケの字もなく、まるでトイレのように出入りが自由になっているので呆れたものだ。

だが一昨日の投稿を考えると、隆平に有形の危害を加えようとする者の存在も危惧される。タチの悪いマスコミ関係者が押し寄せることも充分考えられる。ツアー中はポップス系アイドル並みの警戒態勢が必要になるだろう。

だがＴＯＭの心配をよそに、隆平も由布花も潮田も緊張というよりは興奮の面持ちだった。

ああ、そうかと唐突に理解する。

彼らはそもそもがクラシック畑の人間だから、無警戒であることに慣れてしまっているのだ。ネットでの悪意が現実に飛び火するとは想像もしていないのだ。

「由布花さん、潮田先生。不用心なので鍵は掛けておいてくださいよ」

平静を装ってみたが、三人は何も気づいていない様子だった。どちらにせよあと数十分で本番だ。ここは変に動揺させないのが得策だろう。

「隆平くん。Are you ready?」

「いつでも」

「じゃあ、恒例のあれをいきますか」

四人は円陣を組み、ＴＯＭ、潮田、由布花の順で手を重ね合わせる。最後に隆平が手を添えて一斉に声を上げた。

「forte《フォルテ》!」

午後五時五十分、開演十分前。ＴＯＭは潮田とともに客席にいた。ステージ袖にいるのは由布花だけだ。

客席でなければどんな音が届いているかを把握できない。演奏技術については潮田に一任しているが、マネージャーである自分も隆平の出来栄えを確認しておく必要がある。

『本日は東京文化会館にご来場いただき誠にありがとうございます。間もなく〈榊場隆平 モーツァルト・ツアー〉東京公演の開演でございます。ロビーにおいでのお客様はどうぞお席にお着きくださいますよう。客席での写真撮影、録音、録画は固くお断りします。携帯電話、スマートフォン、タブレットなどの端末をお持ちの方はマナーモードに設定の上、電源をお切りくださいませ。また、アラーム付き時計をお持ちの方はアラームの設定を解除していただきますようお願い申し上げます。尚、補聴器をご使用中のお客様は正しく装着されているか今一度ご確認くださいませ。また、当ホールは耐震構造となっております。非常の際は係員の指示があるまで席にお座りの上、お待ちくださいませ』

非常の際、か。

地震、火事、どこかの国からのミサイル飛来。とにかく何事も起こってくれるな。せめてこの二時間は隆平に思う存分ピアノを弾かせてやってくれ。

場内アナウンスが終わるとステージ下手からオーケストラの一団が現れ、めいめいにチューニングを始める。

やがて開幕のブザーが鳴り、照明がゆっくりと落ちていく。下手から指揮者の矢崎ゆかりと彼女に先導される隆平が姿を現した。

隆平はひどく頼りなげだった。彼女の補助がなければステージの上で迷子になりそうに見えた。

ＴＯＭと潮田は拍手に取り囲まれる。純粋な歓迎と期待の拍手であることに、まず安堵する。

隆平がピアノの前に座る。指揮台の矢崎は隆平の方を振り返りもせずタクトを高く掲げた。

モーツァルトピアノ協奏曲第20番K.466。第一楽章。アレグロ　ニ短調4分の4拍子　協奏風ソナタ形式。フルート、オーボエ2、ファゴット2、ホルン2、トランペット2、弦五部、そして独奏ピアノ。

まずチェロとコントラバスの上昇する音型とヴァイオリンとヴィオラの八分音符と四分音符のシンコペーションで、どろどろとした第一主題が唸《うな》り出す。まるで冬の葬列を思わせる陰鬱さにＴＯＭはいきなり心を鷲掴《わしづか》みされる。

当時の主流だった華麗で社交的な性格のピアノ協奏曲において、モーツァルトの20番は甚《はなは》だ悪魔的で特異としか言いようがない。

20番は予約演奏会のために作曲された。予約演奏会というのは貴族や上流階級を対象としたコンサートであり、音楽家として生活していく上で重要な収入源だった。当然、発表される曲は流行に沿ったものになるのだが、モーツァルトは敢えて暗鬱な曲を披露した。

だが流行に逆らった20番は図らずもモーツァルトの転機を促した感がある。それまで天上の音楽を作り続けてきた『神童』が、惑い苦悩する『人間』であることを証明したからだ。そして多くの者がこの短調の曲をきっかけとしてモーツァルトにのめり込んでいく。事実、十八世紀後半には古典派のモーツァルトのピアノ協奏曲はほとんど演奏されなかったが、この20番だけは例外で激しい情感に彩られた協奏曲を好んだロマン派の音楽家が少なくない。ベートーヴェンもそのうちの一人だ。

陰鬱な第一主題が十六小節目で激しいトゥッティになる。葬送の列の前に悪魔が降臨したような趣だ。

ティンパニの力強い音がこちらに迫る。オーボエとファゴットの重奏にフルートが呼応し、何者かに追い立てられるような切迫感が聴衆を襲う。六小節の弦の調べは完璧な対位法で書かれており、TOMは改めて作曲者の巧緻に舌を巻く。

ようやく隆平のピアノ独奏が入る。悲哀を帯びた内省的なメロディが奏でられると、もうTOMは曲の分析を放棄したくなった。無伴奏にも拘わらず、隆平のピアノソロによって曲の陰鬱さが増していく。不安な旋律が聴く者の心をざわめかせる。熟練のピアニストでも、これほどの昏《くら》い情感は出そうとして出せるものではない。

いったい、これほどのピアニズムを隆平はどこで会得したというのか。様々なアーティストの音を浴びるほど聴いてきたTOMは、音にも演奏者の年齢が大きく関わっていることを知っている。だが隆平はまだ二十四歳なのだ。

無論、隆平のピアニズムが天性のものであるのは本人や由布花から聞いて知っている。名ピアニストの演奏をそのまま脳内のハードディスクに書き込むという信じがたい話も、今は受け入れられる。だが、それでも尚、隆平の才能を説明しきれるものではない。記録された名演奏を正確に再現するだけならハイグレードのオーディオ機器で充分だが、隆平は更に換骨奪胎して自分の曲にしてしまっている。

やはり天才なのだと改めて思う。どんな曲でも咀嚼《そしやく》し、榊場隆平の曲として再生する。音楽の神が隆平だけに許した能力なのだ。

ピアノソロは小刻みに絶望を語り始める。この部分がへ長調による第二主題となる。管弦楽がピアノソロからメロディを受け継ぎ、更に深い悲しみへと聴衆を呑《の》み込んでいく。

ピアノは一転して軽快なリズムを刻む。だが先に暗鬱なメロディが先行しているため、この軽快さが却《あが》って悲劇性を際立たせている。ただ落ち込むだけではなく、浮き上がろうとして足掻き、また落ちては足掻きを繰り返しているので余計に悲愴《ひそう》さが増すという寸法だ。

隆平のピアノはまた転調し伸びやかに歌い出す。弱音でもホールの隅々にまで届いているが、このテクニックは六年前に身につけたと隆平は言う。六年前と言えば二〇一〇年ショパン・コンクールに出場した年だ。隆平は多くを語るタイプではないが、やはりファイナルで競合したコンテスタントたちから得たものは少なくないのだろう。ステージにおけるピアノソロの支配力は圧倒的だ。聴衆の目と耳全てが隆平のピアノに集中しているのを肌で感じる。横に座る潮田も隆平のパフォーマンスに釘付《くぎづ》けとなっている。軽快なメロディを奏でながらも絶えず不吉さが追いかけてくるような微妙なタッチは、ただ鍵盤を弾くだけでは到底不可能なテクニックだ。悲運に抗《あらが》う軽快さなど、全盛期のＴＯＭでも表現は困難だったろう。

不意にスタジオミュージシャン時代を思い出した。キャリアと人当たりのよさで顔は知られていたが、演奏テクニックは頭打ちとなっていた。テクニックが十人並みでは十人並みのアーティストからしか声が掛からない。マネージャー職への転向は己の才能に見切りをつけたからでもある。

才能は残酷だ。

出自も環境も努力も年齢も関係ない。どれほど練習しようとどれだけ経験を積もうと、才能の前では全てが霞《かす》んでしまう。現役の後半部分は、それを日々確認するような毎日だった。

だからこそ自分は隆平に惹《ひ》かれたのだ。視覚障害のハンディを補って余りある才能に目が眩《くら》んだ。きっと自分は才能という明かりに誘われる蛾《が》なのだと思った。こうして隆平のピアノを聴いていると、己の選択は間違っていなかったと誇らしくなる。自分に才能がなければ、見出した才能を開花させることに尽くせばいい。榊場隆平という天才は、その意味で格好の対象だった。

〈榊場隆平　モーツァルト・ツアー〉を企画したのはモーツァルトの名前に便乗して認知度を上げるのが目的だと本人には説明したが、実は多少の無理を強いてでも隆平を一段上のステージに上げたかったという事情もある。一年間モーツァルト漬けというのはリスクが小さくない。並のピアニストならツアー途中でどこか崩れてしまいそうだが、隆平にはちょうどいい試金石となる。

ステージ上のピアノはいくぶん陽気に転じる。全体に横溢《おういつ》する陰鬱さの中で救いを求めているような孤独を感じる。

ピアノは、また独りで歌う。軽快なようでいてどこか不安さを引き摺《ひず》っているのは従前のままだ。

上向しながら惑い、歌いながら迷う。ピアノの提示する第一主題が弦と絡み合いながら展開部に入る。救いを求めること自体が絶望に向かっているように聴こえる。

モーツァルトが『神童』から『人間』に変わった瞬間、最初に覚えた感情が怖《おそ》れと悲しみと絶望だった。そう考えると、この20番は隆平にこそ相応《ふさわ》しい曲と言える。隆平は生まれてからずっと暗闇の中で生きてきた。健常な肉体に恵まれた者には想像もつかない怖れと悲しみと絶望。まるで20番の曲想そのものではないか。

ピアノは惑いながら彷徨《さまよ》い続ける。モーツァルトの苦悩を隆平が代弁しているようだと思った。聴衆は誰一人身じろぎもしない。隆平の放つ一音に搦《から》め捕《と》られている。

モーツァルトが天才なら、隆平もまたかたちを変えた天才だ。他には誰も真似ができず、ちんけな努力や熱意など粉微塵にしてしまう圧倒的で悪魔的な才能。神に選ばれた者以外がどれだけ渇望しても決して手に入れられない贈り物。

主題が変奏され、ピアノが鋭く音を刻む。どこまでも孤独なピアノにオーケストラが寄り添う。

痛切な短調がこちらの胸も刻む。上向と下向を繰り返して曲は再現部へ向かう。

ステージ上の隆平はメロディに合わせるように頭を振り始める。練習中にはあまり見せないが、本番で興が乗ると時々こういう仕草をする。演奏に没頭し音楽に陶酔している際の法悦の表情だ。そう言えばスティービー・ワンダーも同じ仕草をすることを思い出した。

最初に隆平を見た時、TOMはやはり盲目のシンガー、スティービー・ワンダーを連想した。音楽の神に祝福された者たちは皆、こうした悦楽を得られるのだろうか。

再現部に入るとオーボエ、ファゴット、フルートはヘ長調のまま、第二主題が二短調に転調する。俄に隆平のピアノが激しさを増す。それまで鍵を愛撫していた指が一転して激情を発露する。ＴＯＭの座っている位置からは、既に隆平の運指は速過ぎて見えない。

いったん音が落ちて、途切れた。

一瞬の沈黙。

だが何よりも雄弁な沈黙。

音がないにも拘わらず、ＴＯＭは絶望に押し潰されそうな気持ちになる。静寂をこれほど怖れることはそうそうないだろう。無論、これは激しい短調に翻弄されたがゆえの効果であり、隆平のピアニズムの賜物だ。

次の瞬間、ピアノが沈黙を破って走り出す。コーダへの助走だ。

上り始めたピアノは時折途切れがちになるが、徐々に速くなっていく。最後となるカデンツァで、上向と下向の反復が絶望の度合いを増していく。

そしてオーケストラが主題を歌い出し、ＴＯＭは聴衆の緊張を肌で感じる。開演前に抱いていた不安は彼方に消え、ここにあるのは終着への興奮と緊張だけだ。

まるで死に向かうかのようにテンポが遅くなり、やがてピアノが最後の一音を放つ。

隆平は顔を斜め上にして余韻を味わっているようだった。

重い静寂が落ちる。

本来なら聴衆の緊張が解け、続く第二楽章まで弛緩《しかん》を許されるはずの時間だ。

ところがＴＯＭは信じられないノイズを耳にした。

「どうせ見えてるんだろおーっ」

およそ場違いな野次に会場がざわめく。

声を上げたのは誰だ。

薄暗闇に目は慣れている。元々耳がいいから声の出処も見当がつく。一階席のやや中央、ＴＯＭたちの場所からそれほど遠くない。

寺下博之に相違なかった。ご丁寧にも寺下はまだ野次を続けていた。

「楽譜もどこかに隠してるんだろーっ」

隣では潮田が腰を浮かしかけていた。この血気に逸《はや》る男を立たせてはならない。見れば、早速ステマネの藤並が寺下の席に向かっていた。

「潮田先生はここにいて。頼むよ」

ＴＯＭが先に立ち上がったため、潮田は機先を制されたかたちで渋々椅子に戻る。

寺下の席に到着したのは、藤並とほぼ同時だった。

「今の野次を飛ばしたのはお客様ですか」

寺下が藤並の質問に答える前に、ＴＯＭが割って入った。

「本人に訊くまでもない。わたしが見ていました」

藤並は眉を顰《ひそ》めながら寺下の隣に座る女性客に問い掛けた。

「どうでしたか」

「ええ。かなり大きな声で。迷惑です」

「申し訳ありませんがご退出を願います」

「ちゃんとチケット代払ってるんですよ。横暴じゃないですか」

「失礼ですが、野次を飛ばしても許される類のコンサートと間違われたみたいですね。他のお客様のご迷惑になりますので」

寺下が何か言い返そうとするのを、藤並は更に畳み掛ける。

「加えて演奏の妨害にもなります」

寺下の顔色が変わったのを見て、今度はＴＯＭが口を出す。

「文句があるのならわたしが代わりに聞きましょう」

瞬間、ＴＯＭは藤並と視線を合わせる。立場は違えど榊場隆平という才能を護るという点で利害は一致している。ＴＯＭの意思は言わずとも伝わっている。

「ありがとうございます。では三人で会場から出ましょう」

寺下を前後で挟むようにして会場を出る。藤並が同行したのは寺下が暴れ出すのを警戒してのことだろう。

フロアに出ると、寺下は不敵に顔を歪ませた。

「引率はここまでにしてほしいな。ガキじゃあるまいし」

「ガキでも、もっと上品な野次を飛ばす」

売り言葉に買い言葉ではないが、ついＴＯＭは反応してしまう。

「ではわたしは戻ります。もし何かあれば警備員をお呼びください」

後は任せたというように、藤並はそそくさと立ち去っていく。

「いったい何が目的だ」

「目的も何も取材の延長ですよ。会ってくれないんだったら、本人が出ている場所に足を運ぶしかないじゃないですか」

「悪質にも程がある」

「元から行儀がいい方だとは思っていません」

寺下は一向に臆《おく》する様子も反省する素振りも見せない。蛙《かえる》の面に小便とはこのことだ。

「出ていってくれ」

「今日のところは」

「ツアー全日程という訳にはいきませんけど、この先の公演もいくつか押さえてますんで」

「何だと」

寺下はポケットからチケット数枚を取り出して、ひらひらと振ってみせる。

「もっとも、ちゃんと取材する機会をいただければ、こんな手間暇かけなくて済むんですけどね」

寺下は薄笑いを浮かべながら出口に向かう。だが捨て台詞《ぜりふ》を忘れなかった。

「あるいはわたしが書く予定の記事を買い取ってもらうという選択肢もあります」

「恐喝か」

「わたしは取引と呼んでいます」

視界から寺下の姿が消えても周囲に粘り気が残存しているようだった。ＴＯＭは今しがたまで彼に触れていた手を消毒したい衝動に駆られる。

人のかたちをした害毒だと思った。

寺下は必ず榊場隆平に禍《わざわい》となる存在だ。

何とかしなければ。

＊

ステージを袖で観ていた由布花は、ともすれば隆平の許に駆け寄ろうとする自分を抑えるのに必死だった。

第20番の第一楽章終わりに起こった野次は紛れもなく、あの寺下と名乗るライターのものだった。

いったい何ということをしてくれた。

そして危惧した通り、隆平は調子を乱した。続く第二楽章第三楽章は言うに及ばず、第21番も第23番も実力を発揮できなかった。ミスタッチが目立ち、テンポも崩れた。

絶対音感と類まれな楽曲記憶能力を持つ隆平にもいくつかのウイークポイントがあり、その一つがメンタルの脆弱《ぜいじゃく》さだった。まだ二十四歳ということもあるが、光のない世界に生まれ育った隆平には恐怖の対象が多く、自ずと神経質になってしまった。ピアノを弾いている時も、途中で妨害されると恐慌状態に陥って復旧できなくなる。ちょうどこのステージがそうだ。

第23番が終わると会場から拍手が沸き起こったが、万雷とまではいかなかった。少なくともアンコールを期待する拍手ではない。演奏内容が本人にとって不本意であることを聴衆も承知しているのだ。

矢崎ゆかりに付き添われて隆平が戻ってきた。急いで駆け寄ろうとしたが、隆平からは拒絶の意思が放たれている。

「ちょっと休む」

明らかに消沈しており、こういう場合は触らない方がいいと学習している。隆平に上着の裾を摑ませて楽屋へと誘《いざな》う。背後から矢崎ゆかりの視線を感じた。自意識過剰かもしれないが憐憫《れんびん》を向けられているような気がする。

「駄目だ、こんな風じゃ」

楽屋に入ると、隆平は独り言のように呟《つぶや》いた。

「こんな風じゃ、ヤンやチェンやエリアーヌたちに顔向けできない」

隆平が挙げたのはショパン・コンクールでファイナルを競い合ったコンテスタントたちだ。人見知り気味の隆平だが、コンクールを通じて今までにない友人関係を築けたのは意外な喜びだった。

「誰よりも彼に。彼はあんなに勇気があったのに。本当に恥ずかしいよ」

隆平は椅子に座るなり、一人にしてくれと言わんばかりに頭を垂れた。由布花は、自分は外で待っていると告げてからドアを静かに閉めた。

こうして楽屋の前に立っていれば、そのうちTOMと潮田が駆けつけてくるだろう。

両親が健在なうちに自立の精神を培わせようとした矢先、夫が交通事故で還らぬ人となった。先立たれた悲しみと自分一人にかかる子育ての責任に潰されそうになった時、ようやく神様が微笑んでくれた。何か音の出るオモチャをとミニピアノを買い与えたところ、隆平が才能の片鱗《へんりん》を現したのだ。

リビングで隆平を遊ばせる時は寂しくならないようにテレビをつけっぱなしにしておくのが決まりだった。ある日、隆平を背に台所仕事をしていると、CMの曲に少し遅れてミニピアノから同じメロディが聞こえてきたのだ。

はっとして振り向くと、隆平が今までに見せたことのないような喜び方で鍵盤を叩いていた。しかも今しがたテレビから流れたメロディを正確にトレースしているのだ。まるで手品を見せられているような気分でいると、隆平は新しいメロディを聴き取ると数秒後に全く同じメロディを奏でてみせた。

元々、隆平が音に敏感なのは知っていたが、ミニピアノの件で明白になった。神様は隆平から視覚を奪う代わりに、他人が望んでも到底手に入れられない能力を与えてくれた。一時は呪っていた神に、あれほど感謝したことはない。

その日から音楽は隆平の言葉となり、世界に開く窓となり、そして武器になった。たとえ由布花がいなくても一人で生きていけるように育てるという願いは、予想もしなかったかたちで実現する目処がついたのだ。

口コミで優秀なピアノ教師を探しては隆平のレッスンを依頼した。実家から相続した資産も夫が遺《のこ》してくれた財産も全て隆平のピアノに注いだ。隆平はまるでスポンジだった。ピアノ教師が授ける知識も技術も瞬く間に吸収してしまう。お蔭で大抵のピアノ教師は数年もすれば教えることがなくなり、また次の指導者を探さなければならなかった。

天才という言葉は無闇に使うものではないが、この子こそがその名に値すると実感した。自分が腹を痛めた子でありながら、神様が遣わした子なのだと思った。

　この才能を潰してはならない。

　榊場隆平を穢してはならない。

　隆平のピアノは人類の宝だが、同時に唯一の武器でもある。

　それを、あの寺下という男は侮辱し台無しにしようとしている。演奏会を邪魔するだけでは飽き足らず、隆平の才能を地に堕《お》とそうとしている。

　ＴＯＭの話によれば寺下はゴロツキで有名らしいが、あの卑劣さ破廉恥さは、とてもそんな生易しい言葉では言い表せない。

　人のかたちをした害毒だと思った。

　寺下は必ず榊場隆平に禍となる存在だ。

　何とかしなければ。

＊

最後の楽章こそ何とか持ち直したものの、完調とは程遠い出来に潮田は歯嚙《はが》みした。客席にも諦めと落胆の空気が漂っている。チケット代に値する程度の演奏は聴くことができた。しかし、自分たちが榊場隆平のピアノに期待していたのは、こんなものではなかったはずだ。

アンコールの拍手もおざなりで、隆平の再登場を熱望する者は多くなかった。

潮田は居たたまれなかった。針の筵《むしろ》に座らされるとはこのことかと思った。第20番の第一楽章は見事な出来だった。モーツァルトの昏い情熱を見事に表現して、聴いているこちらの鳥肌が立ったくらいだ。この調子で全曲を弾き果《おお》せたら、隆平の新たな到達点を目撃できる予感さえあった。

それをあのひと言が木っ端微塵《こ ぱ》にしてくれた。

いったいクラシックの演奏途中で野次を飛ばすなど、どんな野蛮人かと思う。クラシック・コンサートに足を運ぶようになって久しいが、あんなやくざな客は一人もいなかった。いや、あんな人物は客などという上等な者ではない。

形なりとも聴衆の拍手に応えた隆平は、指揮者の矢崎ゆかりに連れられて退場していく。登場した時と同様、放っておけばステージで迷子になりそうな風情だった。

潮田は席を立ち、楽屋へと向かう。傷心であろう隆平に何をしてやれるかは分からないが、傍《そば》にはいてやりたい。演奏が台無しになったピアニストの気持ちは自分には充分理解できる。

かつては潮田もコンサートを開催できるようなピアニストを目指していた。音大の大学院まで残り、コンクールには何度も挑戦した。しかし入賞までは漕《こ》ぎ着けても、なかなか一位は獲得できない。そうこうするうちに徒《いたずら》に年を重ね、気がつけば三十を超えていた。理不尽な話だが、才能が不可欠な世界では挑戦者に年齢制限が設けられている。音楽の世界は潮田の才能を十人並みとしか評価してくれなかった。

才能は崇高で、残酷だ。

アーティストを諦めるのは身体の一部を切り取られるような痛みだった。潮田のような人間は珍しくない。幼少の頃から音楽の才能があると思い、思わされ、楽譜と鍵盤の虜囚となり、他の遊びも楽しみも封印して生きてきた。己にはピアノでしか生きる道はないと信じ、がむしゃらに鍵盤を弾き、やがて自分は選ばれた人間ではないことを知る。幸か不幸か潮田は自分に折り合いをつけられる人間だった。だから音楽の神が微笑みかけてくれなくても、他の何者かが笑ってくれる道を探し始めた。

大学院卒ともなればピアノ教師の口がある。負け惜しみではないが、自分がアーティストになれないのならアーティストを育てる側になればいい。

しばらく他人を教えていると、ダイヤモンドの原石など滅多に存在しない現実を思い知らされた。巷《ちまた》に溢れ返る「天才」という単語は、ただ自分よりも優れているという意味合いに過ぎず、それぞれの神から祝福を受ける者を探すなど枯草の山から針を見つけるようなものだった。

自分と同等かそれ以下の才能と付き合わされて飽き飽きしていた時、知人の子息が出場している関係でピアノ発表会に顔を出した。

そこで視覚障害がありながら〈きらきら星変奏曲〉の第十二変奏までを見事に弾き果《おお》す榊場隆平という五歳児を見かけたのだ。

正直感心はしたが、五歳児を相手に何をどう教えたらいいのか、その時の潮田には皆目見当もつかなかった。加えて視覚障害児の扱いとなると全く未知の分野だ。自分にはまだ荷が重いと、いったん見送った経緯がある。

ところが十年後、潮田は音楽関係者から再び榊場隆平の名前を聞く。最近、国内のコンクールを荒らしている十五歳の少年。彼こそが隆平だった。しかも彼は新たなピアノ教師を探している最中だという。

縁だと思った。

潮田は矢も楯《たて》もたまらず隆平に会いに行った。

『何でもいいから弾いてくれないか』

突然の訪問だったにも拘わらず、隆平はその場でショパンの練習曲を披露してくれた。ショパンの曲の理解度と年齢に不相応な技巧は、たちまち潮田を魅了した。

見つけた。

彼こそが原石だ。

『隆平くんのピアニズムは非常に独特です。ほとんど我流と言ってもいい。彼がこの上を目指すのであれば、教えられる人間はおそらくわたししかいません』

いささか傲慢な物言いだったが、半分は本音だ。四十男をとち狂わせるほどの才能を隆平は持っていた。

以来、隆平のレッスンを請け負って十年近くになる。まさしく隆平は原石だった。磨けば磨くほどに光り輝く。その成長は著しく、国内の名だたるコンクールを総なめにした挙句、遂《つい》にはショパン・コンクールで入賞してしまった。

世間は沸きに沸いた。だが潮田に言わせれば、ショパン・コンクール入賞もただの通過点に過ぎない。隆平の潜在能力は深く、広い。まだまだ音楽的知識も技巧も吸収し足りない。練習とステージを積み重ねていけば、いずれ音楽史に名を残すピアニストになるに違いない。その時、自分が隆平の傍にいるかどうかはさほど興味がない。唯一無二の才能の開花に一端でも関われたのなら、それで本望だと思っている。

隆平のピアノは神が人類にもたらした宝であり、世界の財産でもある。

この才能を潰してはならない。

榊場隆平を穢してはならない。

ところが記念すべきツアー初日にとんだ邪魔者が現れた。隆平の私生活のみならず演奏にまで雑音を持ち込んでくる。才能ある者を貶《おとし》め、嗜虐心《しぎゃくしん》を満足させるためなら手段を選ばない下衆だ。

人のかたちをした害毒だと思った。

寺下は必ず榊場隆平に禍となる存在だ。

何とかしなければ。

3

『先日、〈榊場隆平　モーツァルト・ツアー〉東京公演が東京文化会館大ホールにて開催された。さすがショパン・コンクールファイナリストのコンサートであり、大ホールは満員札止めの盛況だった。しかし当の榊場は演奏の出来に不本意だったのではないだろうか。随所に聴かせる部分はあるものの、全体的にミスが目立ち締まりがなかった。まだ若いがゆえの緊張が裏目に出たか。ともあれ、これは初日である。ツアーで全国を回るうちに硬さが取れ、本来の実力を発揮してくれることを期待したい』

（『帝都新聞』日曜版　文化・芸能コラム）

「野次のことにはひと言も触れていないじゃない。この記者、本当に客席にいたの」

由布花は読んでいた新聞を丸めると、テーブルに叩きつけた。

「まあ、落ち着きなよ、由布花さん」

すぐにTOMが取りなしてくれたが、彼の本音も自分と似たり寄ったりだろう。この場に由布花がいなければTOMも同じように憤ったに違いない。

二人は母屋《おもや》のリビングで善後策を練っていた。初日の公演が不本意な出来に終わったのは悔しいかな記事の通りだ。東京公演二日目が間近に迫っており、隆平を完調に戻した上で寺下の妨害をいかにして阻止するかが由布花たちの急務だった。

隆平には潮田がついていてくれるので、技術面のサポートは安心している。問題は寺下への対策だ。

「入場の時点でチェックしたらどうかしら」

「正当にチケットを入手したのであれば入場を拒否することは難しい」

「でも、いったん席に座られたら、初日と同じことをされる。隣にわたしかTOMさんが座っていれば止められるんだけど」

「あいつの席番号が分からないし、分かったところで俺たちが両隣の席を確保するなんて無理な注文だよ」

「じゃあ、どうするの。折角潮田先生がサポートしてくれても、寺下を放っておいたら同じことの繰り返しになるのよ」

「チケットを入手した段階では客には違いないからねえ」

「やっぱり警察に相談しましょ」

「だから。それも難しいって話はさっきしたでしょう」

TOMは苛立《いらだ》ちを隠そうともしない。こちらの言葉にではなく、警察に相談できないことが苛立たしいのだ。

「個人への悪口や事実無根の噂を流すのは個人間のトラブルだ。民事不介入の原則があるから警察は介入してくれない」

「ただの悪口じゃない。完全なデマで、しかも隆平さんの尊厳に関わる問題だった。それこそ侮辱罪や名誉棄損で訴えられるんじゃないの」

「だから、その辺りの線引きが難しいって言ってるんですよ」

TOMは飽き飽きした口調で言う。

「アイドルのマネージャーをしている時、この手の誹謗中傷には幾度も悩まされてきたから骨身に染みている。悪口の内容が侮辱や名誉毀損にあたるかどうかはケースバイケースだし、厄介なことに憲法で保障された表現の自由ってのが立ち塞がっているから、そう易々と警察も立件しようとしない」

「あんな野次が表現の自由なはず、ない」

「当事者からすればそう思うのは当然だけど、客観的にどうかという問題がある。隆平くんの場合はれっきとした視覚障害者だから、本当は見えているんだろうという野次が侮辱にあたるかどうかは解釈次第だ。いざとなったら、『まるで目が見えているような正確な運指だった』とでも弁明すれば言い逃れできる。その意味で寺下の野次は巧妙なんですよ。そこらのSNSに好き勝手を垂れ流している馬鹿じゃない。刑事事件で立件できるかどうか、すれすれの線を狙ってきている。伊達にゴロをまいてメシを食っていない」

「……最低な男ね」

「だからあの世界の底辺でも生きていられる。プライドと良心さえドブに捨てればいいんだから」

由布花は言葉をなくす。プライドと良心は最大の行動規範だ。その二つを放棄してしまえば、もう律するものは法律しかない。

これといった名案も浮かばず、二人で途方に暮れているとインターフォンが鳴った。

玄関には見知らぬ男が立っていた。

『赤坂《あかさか》署の者です。榊場隆平さんはご在宅でしょうか』

思わずTOMと顔を見合わせる。まさに噂をすれば影ではないか。

「どうする」

「何の用件で来たのか分からない。まずは話を聞いてみましょう」

玄関に出て迎え入れると、男は警察手帳を提示した。

「生活安全課の熊丸貴人《くままるたかひと》です。先日のコンサートで榊場さんが演奏を邪魔された件で伺いました」

由布花はまさかと思ったが、同時に心強くもあった。熊丸をリビングへと案内してTOMを紹介する。

「刑事さんは二人で捜査をするものだと思っていました」

「まだ捜査と呼べる段階ではありませんからね」

TOMの問い掛けに熊丸は申し訳なさそうに答える。

「当の榊場隆平さんは」

「練習中です」

「ははあ。しかし、それにしてはピアノの音が聞こえませんね」

「練習室は離れで防音設備が完璧なので。お話なら母親のわたしが代わってします。隆平さんのコンサートを妨害した犯人を逮捕してくれるんですか」

「焦らないでください、お母さん。まだ逮捕云々の段階ではないんです」

由布花を宥めると、熊丸は穏やかに説明し始めた。

「赤坂署管区内に芸能事務所が多数あるのはご存じですか。その関係でよく芸能人絡

みの相談を受けることがあります。もっぱらわたしたち生活安全課が窓口になってい
るんですけどね」

　今まで警察に縁のなかった由布花は刑事と聞けば強面《こわもて》か、さもなければ妙に深刻ぶった男の印象しかない。ところが熊丸はどこにでもいるサラリーマンのような風貌で、喋り方は役所の職員そのままだった。

「先日のコンサートで罵声を飛ばしたのが誰なのか、ご承知ですか」

「寺下博之という男です。フリーライターをしていると聞いています」

「札付きですよ」

　ＴＯＭが横から割り込んでくる。

「ヤツの噂を聞いています。あいつはライターなんかじゃない。ただのゴロツキですよ」

「ゴロツキという意見には同意しますよ。実は寺下博之に絡んでの相談が数年前から多発しているんですよ。ＳＮＳで特定のアイドルを中傷したり、セクハラ紛いのインタビューをしたり。出版社なりウェブサイトなりに抗議しても、社員で雇っている訳でもなく記事を買っているだけだからと逃げられます」

「事務所が実害をこうむっているのなら訴えればいいじゃないですか」

「立件できるかどうか微妙な案件ですし、事務所の方もネガティブなイメージを嫌っ

て訴訟事は避ける傾向があるのですよ。結局は泣き寝入りするか、相応のカネで記事を買い取るしかない」

図らずもＴＯＭの聞いた噂が本当だったと証明されたことになる。

「被害届を提出してくれる被害者もいるんですが、なかなか立件するまでには至りません。しかし、だからと言って放置しておく訳にはいきません」

「生活安全課というのは芸能人の御用達なんですか」

「サイバー犯罪防止という観点からＳＮＳでの中傷には気を配っていますが、それ以前に市民の安全と平穏を護るのが警察の仕事ですからね」

熊丸はわずかに身を乗り出した。

「今申し上げた理由で、我々は寺下の動向に目を光らせていました。赤坂署のわたしが管轄違いの榊場さんのお宅に伺ったのは、そういう事情です」

「野次を飛ばしたのが寺下だと、どうして分かったんですか。熊丸さんもあの会場にいたんですか」

「会場内までは入りませんでした。野次の内容も観客の一人がツイッターに上げていたものを読んだだけです。ただ、あの男の趣味嗜好《しこう》は把握していましてね。寺下がおよそ不似合いなクラシック・コンサートに足を運ぶという時点で怪しいとは思いました。どうせ、一度はお宅にもお邪魔したのでしょう」

「そうなんです」

由布花は寺下と隆平のやり取りを可能な限り詳細に伝える。聞いている途中から、熊丸の表情が険しくなっていく。

「そのインタビューの直後に野次ですか。以前よりも巧妙かつ悪辣になっていますね。そのインタビューを録音されていますか」

「いいえ。録音は寺下がICレコーダーを用意していたものですから」

「会場から摘《つま》み出された際はこうも言いました」

ＴＯＭが寺下の放った捨て台詞を再現してみせる。

「その会話は記録されていますか」

「生憎と」

残念ですね、と熊丸は唇を尖《とが》らせる。

「お話を伺う限り、インタビュー内容は悪意に満ちていますし、マネージャーさんに吐いた捨て台詞と併せて証拠が揃っていれば恐喝罪を構成する要件になるかもしれません」

「わたしとＴＯＭさんが証言します」

「証言だけでは如何ともし難いですね。記録がない限り言った言わないの水掛け論にされてしまう。おそらくその危険性を見越した上での言動だったと思います。これまでも散々似たような悪事を働いて、充分なスキルを身に付けているのでしょう」

「被害届を出そうと思っているんですけど」

「被害届を出してもらっても、確たる証拠がなければ結局は同じことです。言い換えれば何らかのかたちで記録があれば立件できる可能性が大です」

由布花は胸の裡で歯嚙みをする。隆平は元より、こちらの損害が明らかであるにも拘わらず警察は手を出せない。民事不介入というが、交渉して和解できるのならこんなに苦慮はしない。相手は平気でコンサートの妨害をするような野蛮人で、常識も良識も通用しない。

第一、こちら側に隠さなければならない秘密など何もない。寺下が勝手に隆平の視覚障害を虚偽だと言い張っているだけだ。つまりは痛くもない腹を探られる訳であり、恐喝されるのは唯々《ただただ》理不尽でしかない。

だが一方、二年前の両耳全聾作曲家の事件はまだ古びていない。クラシック界のみならず日本全国を失望と猜疑《さいぎ》の渦に叩き込んだ一大スキャンダルとして、今でも切れば血の出るような新鮮さだ。この時期に探られれば、痛くない腹も痛くなる。

何とかして寺下の口を封じる手立てはないものか。

しばらく考えて思いついたことがある。

「TOMさん、寺下はちゃんと取材する機会をくれと言ったのよね」

「ええ、言いましたとも。その場に潮田先生がいたら刃傷沙汰《にんじょうざた》になっていたかもしれない」

「じゃあ、ちゃんと取材の場所を設けてやったらどうかしら。もちろん、こちらも録音の準備をして」

由布花の目論見に気づいたらしく、ＴＯＭは合点がいったという顔をする。

「罠《わな》を仕掛けるのか、由布花さん」

「インタビューなら、当然マネージャーのＴＯＭさんが横についていてくれるでしょ。隆平さんを一人きりにして心配させる怖れもない。交渉役のＴＯＭさんがいれば、寺下も自分の要求をきっちり明言するだろうし」

由布花とＴＯＭはほぼ同時に熊丸を見る。

「ああ、それは確かに名案ですね」

熊丸は結構乗り気らしく、更に身を乗り出してきた。

「前回のインタビューはどの部屋で行ったのですか」

「練習室ですよ。隆平くんが一番リラックスできる場所ですから、わたしと彼が寺下と対面しました」

「もし二度目のインタビューに応じるなら、前と同じ条件にした方が相手も油断するでしょう。よろしければその練習室、レコーダーの上手い隠し場所をレクチャーできるかもしれません」

「わたしが案内しましょう」

由布花は先導して熊丸を離れへと誘う。庭に出て練習室への通路を歩きながら、熊丸は感心していた。

「離れというのは、完全に別棟になっているんですね。これは隆平さんへの配慮ですか」

「母屋と完全に切り離した方が、集中が途切れないらしいんです。それに、この辺りは閑静な住宅街なので近所迷惑にならないようにしました」

「聴覚が素晴らしいと聞きました。しかし、それだと環境音が練習の邪魔になりはしませんか」

「部屋は完全防音になっていますし、母屋の消費電力に左右されないよう電源も別個に取っています。練習室は隆平さんにとって小宇宙みたいなものですから」

練習室に出入りする人間は限定されているので特に施錠はされていない。隆平が人一倍音に敏感であるため、ピアノの音が聞こえない時に軽くノックをするだけだ。

「どうぞ」

返事を聞いてからドアを開ける。ピアノの前では隆平と潮田がやや脱力した体《てい》でそれぞれの椅子に座っていた。

「寺下の件でお巡《まわ》りさんが来られました」

「赤坂署生活安全課の熊丸といいます。大事な練習中、邪魔して申し訳ありません」

由布花が計画を披露すると隆平は小首を傾《かし》げ、潮田は眉間に皺《しわ》を寄せた。二人はTOMほど乗り気ではないらしい。

「由布花さん、それはもう決定事項なのですか。少なくとも隆平には相談するべきだと思うんですが」

「まだ決定という訳じゃないです。ここに来たのも本人に確認するためです」

肝心の隆平に問い掛けてみる。

「隆平さんはどう？」

「相手を罠にかけるなんて、僕には無理だよ」

「隆平さんは普通に受け答えしていればいいし、TOMさんがついていてくれるから」

「それがお母さんとTOMさんの出した結論ならいいよ」

消極的な返事だが、元より隆平はこういう物言いをする。他人に遠慮をしているのか自己主張が強くないのか、なかなか自分の気持ちを押し出そうとしない。ただし音楽に関しては例外で、巧拙や好き嫌いをはっきり口にする。

隆平は渋々承知したものの、潮田はまだ不満顔のままだ。

「正直、あの男を二度と隆平に近づけたくない。隆平のメンタルについてはわたしより由布花さんの方がご存じでしょう。寺下と会うことで本番に影響が出たらどうするんですか」

「インタビューの時はちゃんとTOMさんが横でガードしてくれます。寺下から恐喝の証拠になるような言葉を引き出し次第、追い出します」

「しかし」

「わたしだって、こんなことはしたくありません」

潮田の煮え切らない態度に、つい言葉が尖る。

「他に方法があるなら教えてください。今はとにかく隆平さんの公演の邪魔になるものを排除しないと」

潮田は不満顔から困惑顔に変わる。我ながらずるい母親だと思う。潮田に名案がないと知った上で問い詰めている。

由布花にしても隆平を囮《おとり》にするような真似は避けたいが、考えれば考えるほどこれしか方法がないように思えてくる。インタビューの席はTOMを頼りにしているが、いざとなれば自分と潮田が部屋の外で待機していればいいだろう。

すると状況を見かねたのか熊丸が助け舟を出してくれた。

「現職の警察官がこんな助言をするのもどうかと思いますが、断じて寺下のような男は放置しておくべきじゃありません。どこかでストップを掛けないと犠牲者は増える一方です」

警察官だからという理由もあるのだろうが、熊丸の真摯《しんし》な口調に潮田は神妙な面持ちだった。

「隆平さんを囮に使うのが嫌だという気持ちも分かります。お宅にお邪魔してお母さんやマネージャーさんの言葉から、いかに隆平さんが繊細であるかを知りました。再度寺下と会わせることに危惧を抱かれるのももっともです。ただ、被害者を敢えて囮にする手法は他にもあるんです。たとえばオレオレ詐欺が現金の授受以前に発覚した場合、被害者に協力を要請するのは珍しいことじゃありません」

「これをオレオレ詐欺と一緒にしますか」

「被害者の協力がなければ犯人を逮捕できないという点では同列ですね。隆平さんの件も関係者の証言だけではどうしようもない。寺下を追い込むには恐喝の事実を示す記録が必要です」

潮田は束《つか》の間《ま》考え込み、隆平に声を掛けた。

「本当にいいのか」

「いいですよ。それでこの間みたいなアクシデントが回避できるのなら」

「分かりました。協力しましょう」

潮田もまた渋々といった体で承諾する。その気持ちは痛いほど分かる。

「この部屋に録音機材を仕掛けるんですよね」

熊丸は練習室の中を見回す。

「恐喝慣れしている人間はそれなりに用心もしています。幸いこの部屋はグランドピアノ以外に目立つものがないので、相手の油断を誘えます。ピアノの中に仕込むというのはどうですか」

「やめてください」

言下に隆平が拒絶する。

「ピアノは天板の響きまで考慮された楽器です。中に何かを仕込まれただけで音が変化します」

「それが狙い目なのですよ。寺下だって、あなたがどれだけピアノを大事にしているかは承知しているはずです。だから、そんな場所に録音機材が仕掛けられているとは思わないし、仮に可能性を思いついたとしても本人の目の前でピアノの中を調べるような真似はなかなかできません」

「でも」

「仕掛けるのはインタビューの間だけですよ。それ以外は、もちろん外しておいて結構です」

結局、隆平が折れ、インタビューの直前にＩＣレコーダーを仕掛けることで落ち着いた。

「もし何かあれば、すぐに連絡してください。くれぐれも気を付けて」

最低限の注意喚起をした上で熊丸は榊場邸を辞去した。練習室にはＴＯＭも現れ、皆の前で寺下を罠に誘う手筈《てはず》となった。

「あんなヤツの名刺でも捨てずにおいてよかった」

名刺を交換したＴＯＭが電話をすると三回目のコールで相手が出た。

『はい。寺下です』

スマートフォンはスピーカーモードにしているので、会話内容は全員に筒抜けだった。

「榊場隆平のマネージャー、ＴＯＭ山崎です」

『これはこれは。そろそろ電話がくる頃だと思っていました』

端末越しに聞いても粘っこい声質はそのままだ。由布花はおぞましさに気分が悪くなる。

「改めて榊場にインタビューを申し込みたいというご要望でしたね。それを叶《かな》えたら先日のコンサートでしたような妨害行為はやめてもらえますか」

『約束しますよ。ただし交換条件としてインタビュー内容はかーなり突っ込んだものになりますけど、逃げずに答えてくださいよ』

何が交換条件だと由布花は思わず罵声が出そうになる。盗人猛々《ぬすっとたけだけ》しいとはこのことだ。わずかなやり取りで、寺下が強請《ゆすり》たかりの常習犯であるのが透けて見える。

「可能な限り取材に協力するよう、榊場には申し伝えておきます。ただしこちらも条件があります。インタビューには前回と同様、わたしが同席しますから」

『構いません。その条件なら織り込み済みなんで』

「次の公演が迫っています。本番直前というのは勘弁してください」

『では明後日の午後ではいかがですか』

明後日の午後なら、こちらも録音の準備を進められる。由布花は無言でＴＯＭに頷いてみせた。

八日の午後一時に約束を取り、ＴＯＭは電話を切った。

「賽《さい》は投げられた。明後日は敵を迎え撃つことになる。寺下に勘づかれないよう、平静を装うようにしよう」

「わたしや由布花さんは、すぐ顔に出るからなあ。隆平は普段からおどおどしているから表情から読み取るのは難しそうだけど」

「お二人は別にヤツと顔を合わせる必要はない。危ないと思ったら無視すればいい」

とは言え、客を出迎えるのは由布花の仕事だ。緊張で態度が不自然に映ったらどうしようかと、今から悩み始めた。

しかし由布花の心配は杞憂に終わった。
こちらの態度が不審に思われる前に、寺下が死体で発見されたからだ。

Ⅲ

molto dolente

モルト ドレンテ

〜非常に痛ましげに〜

1

十一月八日、午前七時三十二分。玉川《たまがわ》署に世田谷《せたがや》区等々力《とどろき》三丁目の住宅にて死体発見の第一報が入電した。

現場は都内きっての高級住宅地として知られた場所であり、当該住宅が著名なピアニストの自宅であるのを知った強行犯係と鑑識係一同はいつになく緊張した。

現場には機捜（機動捜査隊）が先着しており、死体の状況から殺人事件の可能性が示唆された。次いで警視庁捜査一課の庶務担当管理官によって事件性が確認され、捜査一課に出動命令が下った。

「贅沢《ぜいたく》なお屋敷だこと」

捜査一課桐島《きりしま》班の長沼昌俊《ながぬままさとし》は臨場するなり現場の敷地に驚いた。敷地面積は百坪ほどあるだろう。等々力の高級住宅地で百坪というのも大したものだが、長沼が驚いたのは敷地の使い方だ。普通であれば建蔽率《けんぺい》いっぱいに上物を立てるものだが母屋は平屋でこぢんまりとしており、とにかく庭が広い。離れがピアノの練習室になっているそうだがこちらもさほど大きくない。つまりは貴重な土地を無駄にしており、土地に対する執着心のなさがいかにも資産家らしい。

ショパン・コンクールで一躍名を馳せた榊場隆平の自宅がここだ。しかも死体が発見されたのは練習室だというから、これも驚きだった。

「お疲れ様です」

長沼の姿を認めた玉川署の関澤《せきざわ》が駆け寄ってきた。関澤とは以前にもコンビを組んだことがあるので気心も知れている。

「やあ、どうも関澤さん。殺されたのはピアニストですか、それともその身内ですか」

「どちらでもないようなんですよ」

「第三者ですか」

「寺下博之というフリーライターですよ。身元は榊場家の関係者が知っていました。とにかく中を見てください」

離れの中は二十畳ほどの練習室になっている。窓は一つきりだが採光には充分な大きさで、部屋の中を照らし出している。中心に鎮座したグランドピアノが、この部屋では自分が主役なのだと主張している。主役に比べて、傍らに横たわる死体は哀れなほど貧相に見えた。

「ほう、割り振られたのは桐島さんの班だったか」

死体の側《そば》に屈《かが》み込んでいた御厨《みくりや》検視官がこちらに向き直った。

「背後から銃弾が二発。それぞれ心臓と肺を撃ち抜いている。他に外傷は見当たらないからこれが致命傷だろう。臓器損傷かあるいは失血性ショック死」

長沼は御厨の隣に立ち、合掌してから死体を見下ろす。死体は虚《うつ》ろな目で天井を見ている。

「発見時はうつ伏せになっていた。銃創は二カ所、いずれも星型裂創《れっそう》でほぼ接射創と思われる」

銃弾によって生じた創口《そうこう》は被弾時の距離によって形状が異なる。接射創とは文字通り銃口を皮膚に接した状態で撃たれたものであり、体表面に黒く焦げた挫滅輪《ざめつりん》が残る。寺下の死体はまさにそれだった。

「死亡推定時刻は昨夜十一時から深夜一時にかけて。解剖して胃の内容物を確認すれば、もう少し範囲を狭められるだろう」

検視のために取り除かれた着衣が脇に置いてある。

「長袖のシャツにズボン。上着は鑑識ですか」

「発見時のままだ」

「十一月の夜にシャツ一枚というのは妙ですね。昨夜、都内は十度を下回っていましたよ」

「現場に上着は見当たらない。犯人が持ち去った可能性がある。財布もスマホも上着と一緒に消えている」

「何のためですか」

「それを考えるのは検視官の仕事じゃない」

御厨は吐き捨てるように言う。

「被害者の上着に犯人を特定できるものが付着していた、とか」

「可能性はあるだろうな」

ロカールの交換原理を持ち出すまでもなく、犯人と被害者が接触した時点で指紋、体液、埃《ほこり》、繊維などが相手に付着する。おそらく犯人は寺下と揉み合いになり、彼の上着に自身を特定させるものを残したに違いない。だからこそ死体が不自然な状態になるのも厭《いと》わずに回収したのだ。

死体からこれ以上の情報を引き出すには司法解剖を待たなければならないだろう。

長沼はいったん関澤とともに練習室から出る。

「死体を発見したと通報してきたのは母親の榊場由布花さんです」

「彼女が第一発見者ですね」

「詳しい話は直接本人から訊き出した方がいいでしょうね」

母屋に入ると、リビングでは四人の男女が車座になっていた。ピアニスト榊場隆平とその母親由布花。マネージャーのＴＯＭ山崎とピアノ教師の潮田陽彦だ。四人とも一様に顰め面なのは殺人に戸惑っているのか、それとも第三者の死体が転がっているのを迷惑がっているのか。

「通報してくれたのは奥さんですよね」

長沼に問い掛けられた由布花はゆっくりと顔を上げる。

「死体を発見したのもあなたなんですよね」

「はい」

「死体発見時の状況を話してください」

「わたし、いつも朝の七時前には目が覚めるんです。今朝もそうでした。それで隆平さんを起こそうと寝室に行ったんですけど、姿が見えなかったんです。後から本人に尋ねるとトイレに行っていたらしくて。でもわたしは、てっきりピアノの練習をしていると思い込んで離れに向かったんです」

「朝の七時からピアノの練習ですか」

「今はツアー中だし、コンサート初日が本人には不本意な出来だったので、早朝からの練習は全然不思議じゃありませんでした」

長沼がちらりと見ると、当の隆平は不機嫌そうな顔をしていた。不本意な出来だったというのは本当らしい。

「離れに近づくとドアが開きっぱなしになっていたんです。練習中は閉じたままなのでおかしいと思って中に入りました。すると、ピアノの横に寺下さんが横たわっていて……背中からとんでもなく出血しているし呼んでもぴくりとも動かないんです。恐る恐る近づいてみると、息もしていなかったので慌てて警察に通報しました」

「生死を確認したのはとても落ち着いた行動でしたね。素晴らしい」

「事故で夫を亡くした時、死に顔を見ています。生気の失《う》せた顔というのは忘れられないくらいのインパクトがあります」

仕事柄、長沼も何度となく死人の顔を見てきたので、由布花の言葉には同意せざるを得ない。死体はただ動かないのではない。生き物として発散する気配が消え失せてしまうのだ。

「寺下さんは以前、こちらに来たそうですね」

問われた由布花は、寺下が雑誌のインタビュアーとして訪問した経緯を説明する。

だが、どこか奥歯に物が挟まったような口ぶりが引っ掛かった。

「インタビューの内容に問題でもあったんですか」

「寺下さんはまともなライターではありませんでした」

「どういう意味ですか」

すると、マネージャーのＴＯＭが当然というように話に割り込んできた。

「恐喝ですよ。あの男は隆平くんの視覚障害が偽物だと、根も葉もないことを記事にしようとしていたんです」

思わず隆平を見た。クラシックに特段の興味がない長沼でも、榊場隆平の境遇くらいは聞き知っている。日本クラシック界に彗星《すいせい》のごとく現れた盲目の天才。そのプロフィールが捏造だというのか。

「寺下の主張には何の根拠もありません。しかし二年前、やはり全聾を偽っていた作曲家のスキャンダルがあり、世間は色眼鏡で見るに決まっている。それが嫌なら自分の記事を買い取れと要求してきたのです」

更にTOMは寺下がコンサート初日にしでかした妨害行為についても言及した。今まで無色だった被害者が黒く彩色された瞬間だった。なるほどライターというのは表向きの職業で、実態は強請たかりの専門だったということか。

「寺下の悪行については赤坂署の熊丸という刑事さんが担当されているようなので、そちらで確認してください」

赤坂署管内には芸能プロダクションが多数存在している。被害届を提出するところも少なくないだろうし、ゴロツキ専門の担当者もいるだろうと容易に想像がつく。

「寺下は昨夜もこちらを訪れたのですか」

この問いには四人とも首を横に振った。

「しかし、それでは何故死体が練習室の中にあったのか。失礼ですが、こちらの戸締まりはどうなっているんですか、奥さん」

「母屋は施錠していますが、離れは大抵開いています」

「敷地の入口には開き門扉がありますが、錠前は落し棒のみの簡単な機構で、外から手を伸ばせば容易に外せる。つまり外部からは出入りが自由ということですか」

「戸締まりは母屋だけで充分です。仮に誰かが離れに泥棒に入ったところで置いてあるのはグランドピアノだけです。価値のある楽器ですけど、おいそれと持ち出せるものではありませんし」

「マネージャーさんも潮田さんも夜には帰ってしまう。その後はお母さんと隆平さんだけになるんですよね」

「ええ」

長沼は関澤と顔を見合わせる。榊場家の防犯意識の薄さも大概だが、今論じるべきは別の問題だ。

寺下の死亡推定時刻は昨夜十一時から深夜一時にかけて。だがその寺下は昨日榊場邸を訪れていないという。ならば寺下はどこか別の場所で殺害され、練習室に運び込まれたことになる。

問題となるのは、死体を運び込んだ人物が榊場邸の防犯事情を知悉《ちしつ》していたことだ。知らなければ、誰が他人の家の中に死体を放り込もうなどと考えるものか。

「練習室が施錠されていないのを知っていた人間は誰と誰ですか」

由布花は少し躊躇してから口を開く。

「開き門扉が施錠されていないのは、ご近所ならどなたでも知っています。回覧板を回す時、普通に敷地に入ってきますから。練習室に鍵を掛けないのも、隆平さんを昔から知っている人ならご存じだと思います」

「不用心だと注意されたことはないんですか」

「この辺は治安がよくて、空き巣もひったくりもないんですよ。きっと至る所に防犯カメラが設置されているお蔭でしょうね」

そのひと言で合点がいった。

以前、都内の高級住宅地に空き巣狙いが頻発した際、警視庁は住宅の世帯主に対して防犯カメラの設置を呼び掛けた経緯がある。公共施設周辺や道路に防犯カメラを設置するのは行政機関の仕事だが、各世帯にも自前で導入してもらうという方策だった。幸いにも高級住宅地には防犯意識の高い住民が少なくなく、多くがその提案を受け容れたのだ。ここ等々力も例外ではないと聞いている。

「こちらの防犯カメラはどこに何台設置されているんですか」

「母屋の玄関先と裏口に一台ずつです」

「開き門扉の辺りや離れには設置してないんですか」

「はい」

長沼は再び関澤と顔を見合わせる。由布花の言った通りなら敷地内の防犯カメラに寺下と犯人の姿が映っているとは期待できない。その場合は近隣住民の協力を仰がなければならないだろう。

「念のためですが、昨晩の皆さんの行動を教えてください」

まず隆平は「入浴後、午後九時まで練習してから就寝した」と言う。

由布花も「隆平さんが寝室に消えたのを確認して午後十時にはベッドに入った」らしい。

TOM山崎は「午後八時まで芸能事務所で仕事をしてから六本木のレストランで夕食を済ませ、日付が変わるまでに帰宅した」と言う。

「そのレストランには何時までいたんですか」

「閉店の十時まで粘っていましたね」

「証言してくれる同行者は」

「一人でした。店も以前から気になっていて初めて入りました。店のスタッフが俺を憶えてくれているかどうかは、ちょっと心許《こころもと》ないですね」

TOMは独身であるため帰宅してからを証言してくれる者もいない。ただし自宅マンションはオートロックなので入館と開錠履歴はデータに記録されているはずだと言う。いずれにしても確認が必要だろう。

潮田の行動パターンも似たようなものだった。午後九時に隆平との練習を切り上げると真《ま》っ直《す》ぐ自宅マンションへ帰った。潮田もまた独り身なので証言してくれる者はいないが、やはりオートロックなので記録を確認すればいい。

四人から指紋と毛髪、加えて唾液の提供も受けた。これ以降は鑑識と司法解剖の報告を待って再度の聴取になる。長沼と関澤はひとまず母屋から退出した。

「どう思いますか、長沼さん」

「ひどく妙ですね」

長沼は正直に答えた。

「事実上、誰でも敷地内に出入りできる。練習室への出入りも自由。防犯意識がズブズブなのもどうかと思いますが、何より第三者が死体を運び込むという行為自体が不自然極まりない。これが廃ビルならともかく、有名人の自宅なんですからね」

「同感です。榊場母子のアリバイはないも同然だし、ＴＯＭ山崎も閉店してから帰宅するまでの約二時間は空白、潮田にしても開錠履歴を確認しないことにはアリバイが成立しません」

「寺下が証言通りのゴロツキだとしたら、コンサートの成功を悲願とする四人には同等に動機があります」

恐喝される側が反転攻勢に出るのはよくある話だ。根も葉もない言いがかりであったとしても、全国ツアーを始めたばかりの著名なピアニストにすれば是が非でも排除したい対象だろう。

「防犯カメラもさることながら近隣住民からどこまで情報を収集できるかですね」

「訊き込みは我々所轄が担当です。任せてください」

「わたしも合流しますよ」

早速、長沼は関澤とともに訊き込みに回る。幸い、向こう三軒両隣とも家人がいたので聴取は順調に進んだ。

「今や榊場隆平さんと言えば世界的なピアニストですからねえ。こういう街なので騒ぎ立てて榊場さんの迷惑になるようなことはしませんけど、住民挙《こぞ》って応援しています。マネージャーさんとピアノの先生ですか。ええ、毎日のように見かけます。もうほとんど家族みたいなものじゃないかしら。七日の夜。十時過ぎには母屋も離れも明かりは消えていましたよ。不審者、ですか。生憎その時間帯はわたしも家の中に引っ込んでいますから。番犬でもいたら不審者に吠《ほ》えたりするんでしょうけど」

「ああ、榊場さんのお宅ね。コンサートの前日とかは少し遅くなるけど、いつも決まった時間に消灯するらしくて。ホント、時計みたいに正確。榊場さんがおやすみになったんだからウチもそろそろ寝なくちゃとか思うんです。ああ、コンサートが近いのは教えてもらわなくても分かりますよ。離れから明かりが洩れている時は、隆平さんとピアノの先生が練習している証拠ですから」

「不審者ですか。ずいぶん前は公園の辺りで見かけたとかの話もあったんだけど、各家庭が防犯カメラを設置しだしてからは、そういうことは一切なくなりましたね。ここは都内の住宅地でも治安の良さはトップクラスと言われてるんだから」

「榊場さん宅から深夜に物音がしなかったかって。うーん、この辺一帯の住民はわたしみたいな高齢者が多いもんだからさ。夜も朝も早いんだよね。日付が変わるような時刻に起きている人が果たして何人いることか」

訊き込みの結果判明したのは榊場母子とＴＯＭ山崎、そして潮田陽彦の絆《きずな》と目撃証言の少なさだった。深夜一時過ぎに死体を担いでうろついている人物など誰も見かけた者はいなかった。どこの家でも防犯カメラのデータ提供には協力的だったのが救いと言えば救いか。尚、深夜に練習室から洩れる明かりを見た者は一人もいなかった。

鑑識の報告は早くも翌日に上がってきた。由布花の話では一日一回、午前中に練習室の掃き掃除をするので死体が運び込まれた時間を考慮すれば余分な遺留品は最小限に留まる。果たして鑑識報告書は五人分の毛髪と六人分の下足痕《ゲソコン》を検出していた。このうち五人は榊場母子とＴＯＭ山崎と潮田陽彦、そして被害者寺下博之のものだ。問題は残り一人分の下足痕で、長沼はこれこそが犯人の遺留品だと考えている。もちろん、指紋と下足痕以外にも興味深い残留物があったが、これは関係者への事情聴取によって重要度が増してくるに違いない。

鑑取りを兼ねて、長沼は単身赤坂署の熊丸を訪ねた。

熊丸はどこから見てもサラリーマン然とした男だった。寺下が殺害されたことを既に知っており、表情はいくぶん険しかった。

「あんな寄生虫みたいな生き方をしていたらいつか駆除されるとは思っていたんですが、まさか殺されるとは」

「そんなに恨まれていましたか」

「寺下博之に絡んでの相談が数年前から多発していました。ほとんどは芸能関係でした。SNSで特定のアイドルを中傷したり、セクハラ紛いのインタビューをしたり。芸能事務所の中には反社会的勢力と繋がっているところがあります。寺下は、そういうヤバい事務所の所属タレントを選別していたフシがありました」

「つまり地雷を避《さ》けつつ、金蔓《かねづる》にはしっかり食いついていた訳ですか。そりゃあ恨まれる」

「いくら事務所側で恨んでも、スキャンダル怖さに被害届も出せない。被害届を出しても立件できるかどうかも怪しい。自分たちの手で実力行使はできない。かと言ってヤクザに依頼すれば後々強請られるかもしれない。真っ当な事務所であればあるほど、寺下は駆除したい相手だったでしょうね」

「芸能事務所の関係者、もしくはスキャンダルをちらつかされたタレント本人にも寺下殺害の動機があるという訳ですか」

「否定はできません。しかし、仮に過去の被害者が寺下を殺害したとして、どうして榊場宅に死体を遺棄したのかという疑問が残ります。榊場隆平氏に寺下がまとわりついていた事実は隆平氏と彼をサポートする三人しか知らないはずですから」

「あるいはその四人のうちの誰か、もしくは全員が犯人に情報を流したか」

「可能性はあります。しかし秘密にしておきたい情報を第三者に吹聴するというのは考え難いですね」

これは熊丸の言う通りだろう。共犯者を増やすことは犯行の露見に繋がりやすい。

「提出された被害届以外の記録は残っていますか。つまり被害届以前に被害者が泣き寝入りしたケースですが」

「寺下関連の記録はわたしが個人的にまとめています。いつでも提出できますよ」

「では、後から送ってください」

過去の被害者が今回の事件に関与している可能性は大きくないが、それを一つずつ潰していくのは捜査の常道だ。自分の掘り返した可能性を潰すのだからマッチポンプもいいところだが、仕事なのだから仕方がない。

「正直、悔しいですね」

熊丸は険しい表情のままで言う。

「寺下には正規の手続きで送検して、法廷で然るべき罪を問うてやりたかった。こんな風に殺されるのは不本意ですよ」

「寺下に死んでほしい人間は少なくないでしょう」

「それでも私刑はいけません。殺される前に、どうして逮捕できなかったのか。おそらく犯人が検挙されても、わたしはずっと悔やむでしょうね」

熊丸の心情は長沼にも理解できる。自分が狙っていた容疑者に死なれるのは、獲物を横から掻《か》っ攫《さら》われるようなものだ。

「捜査に加われないのが残念でなりません」

「資料を提供していただくだけで、充分捜査に参加してもらってますよ」

熊丸に礼を言ってから、長沼は大田《おおた》区にある寺下の自宅マンションに向かう。

部屋には既に桐島班の捜査員と鑑識係が到着し、寺下の私物や遺留品を漁《あさ》っていた。

マンションのグレードや備えられた家具を見る限り、寺下の暮らし向きはそれほど優雅ではなかったらしい。冷蔵庫に残されていた食材や酒類も激安スーパーに並んでいる品物でしかない。

寺下はフリーライターを肩書にしていたが、要するに正社員として雇用されないゴシップ記者だった。過去の悪行絡みで正社員になれなかったのか、それとも正社員になれなかったがゆえに強請たかりに手を染めたのか。いずれにしても恐喝者が豪奢《ごうしゃ》な暮らしをしていたのではないと知り、多少は溜飲《りゅういん》が下がる。

「パソコンの中身がひどいですね」

鑑識係の言葉に誘われてパソコンに保存された内容を閲覧すると、確かにひどかった。寺下がつけ狙ったか、つけ狙う芸能人のスキャンダルが事務所ごとに整理されている。ご丁寧にも、どの事務所からいくらふんだくったかの金額も明記されている。さながら恐喝の収支報告書といった代物であり、見ているとおぞましさが募ってくる。本来、被害者には義憤や同情心が湧くものだが、こと今回に限ってはどうにも希薄に過ぎる。それどころか犯人にシンパシーを抱きそうになるのを慌てて抑える始末だ。

「部屋に携帯端末の類は見つかりません。やはり上着とともに持ち去られたのでしょうね」

残念そうな鑑識係に礼を告げ、捜査本部に戻る。すると知己の鑑識係から早速報告を受けた。近隣から提供された防犯カメラの解析が順調に進んでいると言う。

「被害者が榊場宅に向かう途中はカメラに収められています」

解析作業を担当していた鑑識係は、パソコンの画面に各家庭の防犯カメラから抽出した画像を並べて説明する。

「映像を見る限り被害者は単独行動をしており、同行者は見当たりません。おそらくどこかで合流なり鉢合わせするなりしたのでしょう」

長沼にとって鑑識の報告は二重の意味で意外だった。寺下は死体となって運ばれたと考えられていたし、その姿が捉えられた時間も当初の見立てとはずいぶん違っていたからだ。

「これ、撮影されている時間帯が午後十一時前後ですね」

「ええ。死体発見現場に最も近い場所の防犯カメラでも十一時十二分に生きている寺下を確認できます。しかもこの時点では、ちゃんとジャケットを羽織っています」

寺下はどこか別の場所で殺害されて運ばれてきたという前提は、防犯カメラの映像によって否定されつつある。鑑識係は更に重要な報告を告げてきた。

「それと、離れの室内からはほんの微量ですが射撃残渣《ざんさ》が検出されました」

射撃残渣とは拳銃などを発砲した際、射撃手の身体や着衣に付着する重金属類の飛《ひ》沫《まつ》だ。主成分は鉛、スズ、アンチモン、バリウムといった弾丸由来のもので、現場での発砲の証拠となり得る。

「本来は床にまで飛散するものではないのですが、近接での発砲であったために一部が床に落ちたのでしょう」

「発砲現場は離れの中だった訳ですか」

「死体の転がっていた地点の近くで検出されましたからね。因《ちな》みに薬莢《やっきょう》は見つかっていません」

防犯カメラの映像と現場から採取された射撃残渣。この二つを考え合わせれば、殺害は離れの室内で行われたと考えるのが妥当だろう。訊き込みによれば死亡推定時刻に離れから明かりが洩れているのは目撃されていないのだ。

長沼が困惑していると、今度は関澤が戻ってきた。

「ウチのが結構なネタを咥《くわ》えてきましたよ」

いつになく興奮気味なので、長沼はすぐに興味を覚えた。

「近隣住民の訊き込みはわたしたちでしたはずですよね」

「近隣住民からじゃありません。あの住宅地一帯を受け持ち区域にしている新聞配達員からの証言なんですよ」

「聞きましょうか」

昨今はスマートフォンをはじめとしたデジタル端末の普及と相俟って、新聞の読者が減少傾向にある。しかしながら件の住宅地にはまだまだ高齢者の住民が少なくなく、従って新聞配達の需要も減じていない。

「雨の日以外、新聞配達というのは各戸に配られる時刻がほぼ一定しています。現場の住宅地は午前五時から六時までの間に巡回するそうなんです。事件当日も同様です。

配達員は午前六時に榊場宅のポストに新聞を投げ入れています。その際、彼は離れのドアが閉まっていたのを確認していました」

関澤が何を言わんとしているのかは、すぐに思い至った。

「関澤さん。これで容疑者が特定できますね」

2

「練習室はまだ使うなだと。ふざけるな」

リビングに集まると、最初に怒りの声を上げたのは潮田だった。

「第二回公演は明後日だっていうのに、どうして自宅の練習室と自前のピアノが使えないんだ」

「しかしね、潮田先生。練習室に死体が転がっていたら、そりゃあ警察も当日に使用許可は出さないよ。第一、隆平くんだって落ち着いてピアノを弾けないだろう」

「TOMさんはこう言っているけどお前はどうなんだよ、隆平」

「僕は気にしませんけど」

死体が転がっていた真横は確かに気味が悪いが、慣れ親しんだピアノに触れられないのはもっと辛い。

「練習なら会場のピアノを使えればいいんだし」

「そっちは安心してよ」

TOMは隆平の肩に軽く手を置いた。

「東京文化会館に掛け合って、可能な限り備え付けのピアノを使わせてくれるようにした。明日は朝から使用可能だそうだ」

「本番直前で焦っても仕方ないんだが、それでもピアノを弾けるという安心感は何事にも代えがたい」

身近にピアノがあるだけで安心できるというのは隆平も同意できる。御守り代わりではないが、手の届くところにないと落ち着かなくなるのだ。

「しかしね、TOMさん。隆平が自前のピアノを弾けないだけじゃなく、意味もなく拘束されるのは堪《たま》ったものじゃないよ。折角、東京文化会館がピアノを貸してくれても、ここで縛りつけられたら結局何もできやしない」

「落ち着きなって、潮田先生。どうせこれから警察が来て事情聴取の続きをするらしいから、その時に交渉してみようじゃないの」

「でも、事情聴取の続きって、いったい何を訊かれるのかしら。死体発見の経緯はもう充分話したはずだけど」

由布花は理由もなく不安がっている。それも当然だろうと隆平は思う。今まで自分たちの生活に警察が関わってくるなど、父親の死去以来のことだからだ。一方、隆平自身にも警察にはトラウマめいた記憶がある。ショパン・コンクールに出場した際、とある殺人事件に巻き込まれて当地の捜査員に囲まれたことがある。当時十八歳の隆平は異国の地で言葉の通じない警察官たちに詰問された時には生きた心地がしなかった。だから未だに警察官には人一倍苦手意識がある。いくら事情聴取とは言え、話をするだけでも億劫《おっくう》だった。

「死人に鞭《むち》を打つ趣味はないが、寺下みたいな男のために隆平くんの前途に邪魔が入るのは何としてでも避けたい。ここは警察への協力を惜しまず、事件の早期解決を願うばかりだな」

「それはその通りだけど、隆平のパフォーマンスを削るような真似は一切許さない。これが最低条件だ」

「隆平さんを怯《おび》えさせるようなことは、たとえ警察でも許しませんからね」

三者三様に自分を案じてくれているのが分かっているので、隆平は特に意見を差し挟まない。そのうちに捜査本部の長沼と関澤が姿を現した。

「皆さん、お揃いでしたか」

長沼の声は何を大袈裟《おおげさ》なという口調だった。途端に潮田が反応した。

「わたしたちが同席してはいけませんか。関係者への事情聴取なら、わたしやTOM

さんも対象でしょう」

「こちらとしては個別でも構わなかったのですが。まあ、いいでしょう。確かに手間が省けます」

隆平は声の移動で相手の位置が分かる。長沼は真正面に立ち、自分を見下ろして語りかけている。

「警視庁の長沼です。わたしが分かりますか」

「一度聞いた声はあまり忘れません。あなたの声には特徴がありますし」

「ほう、どんな特徴ですか」

「少し巻き舌気味で、サの音をスァと発音する癖があります」

長沼の返事が二拍ほど遅れる。

「耳が本当にいいんですね。驚きました」

演奏家であればこの程度の聴き分けは普通だと思ったが、敢えて口にはしなかった。

「現状、判明した事実を申し上げます。まず寺下さんの死亡推定時刻は七日の午後十一時から深夜一時にかけてです。当該時間の直前に近隣を移動している被害者の姿が防犯カメラで確認されています」

でも、とＴＯＭが口を挟む。

「敷地の外で殺されてから練習室の中に運び込まれた可能性もあるんじゃないですか」

「そうなると、死体を担ぐか引き摺って敷地に運び込む羽目になります。しかし、いくら人通りの絶えた深夜帯であったとしても、往来でそんな姿を見せるのは自殺行為に等しい。犯行現場は十中八九、離れの室内でしょう」

「まさか。あなたが言ったのは単なる可能性でしょう。可能性だけで、練習室が犯行現場と特定するのは早計じゃありませんか」

「証拠もあるのですよ。詳しくは説明しませんが室内で射撃残渣、つまり銃弾が発射された痕跡が発見されたんです」

「そんな馬鹿な」

「人間は嘘を吐きますが、証拠は嘘を吐かないのですよ、ＴＯＭ山崎さん。そして犯行現場が離れと特定された場合、別の可能性が浮上してきます。近隣へ聴取したところ死亡推定時刻の間、離れは真っ暗で明かりが洩れていなかったというのです。これは潮田さんにお訊きしますが、離れに明かりが点《つ》くのはどんな場合ですか」

「日が暮れた後、わたしやＴＯＭさん、由布花さんがいる場合です」

「隆平さんが一人で練習する場合はどうですか」

「隆平だけなら明かりを点ける必要は」

潮田が言いかけてやめた。

「ええ、そうなんです。たとえ室内の明かりがなくてもどこに何があるか、誰がどこにいるかを把握できるのは隆平さんだけなんです」

「待ってください」

由布花が悲鳴のような声を上げる。

「刑事さん、あなた、まさか隆平さんが犯人だって言うの」

「隆平さんが犯人だと断言している訳ではありません。しかし深夜、何の明かりもない中で寺下さんは射殺されていました。それも急所を二発です。この二発が意味することが何なのかお分かりですか」

長沼は返事を待つことなく畳み掛ける。

「発射されたのはたったの二発。やたら滅多に乱射している訳ではなく、ちゃんと二発とも急所に命中させている。いくら近接距離からの射撃だとしても、狙わなければこんな芸当は不可能です。言い換えれば、犯人は暗闇の中にあっても寺下を狙い定めることができたということになるのです」

長沼はこちらに向き直る。声が真上から落ちてくるので、すぐ分かる。

「あなたは声や物音だけで対象物の移動を把握してしまえる。常人には不可能な技術です」

「ちょっと、刑事さん」

潮田が剣呑《けんのん》な口調で絡んでくる。

「黙って聞いてりゃ、ずいぶんと好き勝手なことを言ってくれるね」

「断定はしていません。あくまでも可能性の問題ですよ」

「寺下は射殺されていたんですよね。あなたの推論を聞いていると、本当に隆平が拳銃をぶっ放したみたいだ。しかしね、刑事さん。この隆平が拳銃なんか持っていると本気で考えてるんですか」

隆平は近しい人間の皮膚を憶えている。明らかに潮田のものと分かる手が隆平の指に触れた。

「この指は八十八の鍵盤に触れる指です。引き金を引く指じゃない。そもそも、このピアノしか知らない人間が、どんな伝手《つて》で拳銃を入手したというんですか。たとえ拳銃がコンビニで売られるようになっても、隆平には無用の長物なんですよ」

長沼の返事が遅れる。隆平が射殺犯である可能性を指摘しながら、銃の入手経路については証明できないのだろう。

「何度も言いますが、わたしは可能性を述べているに過ぎません。何度も事情を聴取して一つ一つ可能性を潰していくのが、わたしの仕事ですから」

「拳銃を所持していることを証明しない限り、隆平を容疑者扱いにはできないはずですよ」

「わたしにも言いたいことがあります」

由布花が割って入ってきた。

「わたしが死体を発見した時、練習室のドアは開きっぱなしになっていました。もし隆平さんが寺下さんを殺したのなら、わざわざ死体を晒《さら》しものなんかにせず、どこかに遺棄《いき》するまで隠しておくものでしょう」

「死体を隠しておく、というのは確かに自然な行動でしょうね。しかし奥さん、死体発見の一時間ほど前、つまり午前六時には離れのドアが閉まっていたと証言する者がいるんですよ」

由布花の反論が断ち切られる。

「寺下さんが殺害されたのは午後十一時から深夜一時にかけて。その後少なくとも午前六時までドアは閉められていたと解釈していいでしょう。七時に奥さんが離れに行った際、どうしてドアが開いていたのかは不明ですがね」

しばらく沈黙が降りるが、長沼は硬い口調でまた話し始める。

「隆平さんに再度の聴取をするのは他にも理由があるからです」

断定的な言葉は紛れもなく隆平に向けられた言葉だった。

「いくら身内でも、これ以上の話を皆さんの前でする訳にはいきません。詳しい話は署でお訊きしたい。隆平さんに任意同行を求めます」

「隆平さん」

「あくまでも任意だ。無理に行かなくてもいい」

「明後日が本番なんだぞ、隆平」

三人は一斉に止めにかかる。止めにかからなければ自分が長沼についていくことを知っているからだ。

「いいですよ」

隆平は努めて冷静に答えた。

「僕は人殺しなんかやってません。何をどれだけ訊かれても逮捕できませんよ」

「捜査へのご協力に感謝します」

途端に三人が騒ぎ出した。

「行くな、隆平くん」

「無理にでもお前を犯人に仕立てるつもりなんだぞ」

「ご本人の意思を尊重してください」

さっと由布花が手首を握ってきた。

「せめて、わたしが付き添います」

「任意同行なのでご一緒されるのは構いませんが聴取の場には同席できませんので、その点はご容赦願います」

自分の手首を握る由布花の力が急に強くなった。

警察の建物に入るのは初めてだった。やたらに埃っぽく、紙が酸化したような異臭がする。一階フロアは広々とした雰囲気があるが、空気が異様に張り詰めているので解放感には程遠い。自分たちの傍を行き来する者たちからは警戒と排他の感情しか感じられない。

「こちらです」

長沼の声に誘われた由布花が自分の肘《ひじ》の少し上を隆平に掴ませる。たとえ母親であっても、決して本人の手や衣服を引っ張ったり、後ろから押したりはしないのが全盲者を誘導する基本だ。

エレベーターで階上に向かい、別のフロアに降り立つ。しばらく進むと、自分と由布花の間に関澤が割り込んできた。

「お母さんはここまでです。聴取は隆平さん一人で行います」

「あの、せめて弁護士さんを呼ぶまで待っていただけませんか」

「ほう。顧問弁護士をお持ちなんですか」

「所属している事務所の顧問弁護士です」

「所属タレントの揉め事は民事も刑事も一手に引き受けているということですか」

「刑事事件については詳しく知りませんけど、何なら今からでもマネージャーを経由してお願いしようと思います」

「申し訳ありませんが任意での聴取ですし、弁護士の立ち会いは必要ないでしょう。我々も弁護士先生の到着を待つほど時間に余裕がないものですから」

「待って」

「お母さんは別室にてお待ちください」

長沼の手が隆平の腕を掴む。隆平は反射的にびくりと肩を震わせた。途端に後方から由布花の声が飛んでくる。

「目が不自由な人は一方的に触られると怯えるんです。連れ添う時は自分の肘を掴ませるんです。今まで見ていて、そんなことにも気づかないんですかっ」

「……失礼しました」

ひと言詫びてから、長沼は自分の肘を遠慮がちに押し付けてきた。隆平は渋々ながらその肘を掴む。ごつごつとして声質とは印象の異なる肌合いだった。

「隆平さん」

由布花は別の警察官に引き留められたらしく、追いかけてくる気配がしない。

長い廊下を引かれていくと一室の中に誘導された。

「この椅子に座ってください」

腰を下ろした感触で安物のパイプ椅子だと分かった。長沼の声の響き方でひどく狭い部屋であるのも分かる。壁はコンクリート打ち放しかと思えるほどデッドで、声が反射もせずに減衰していく。これでは会話をしても苦痛だろうなと密かに落胆する。

人一倍耳がいいためか、隆平は会話の内容よりも相手の声質が不快か否かを重視している。長沼の声はサ行の発音が掠《かす》れ気味なのを除けば、耳に馴染みやすい方だろう。

「一対一では不安ですか」

「一対一ではないですね。部屋の隅にもう一人いるでしょう」

長沼が息を呑むのが分かった。

「記録係として関澤が待機しています。よく分かりましたね」

「その人、体臭が少し強かったのでよく憶えているんです」

「……あなたのような人と話すには事前にシャワーを浴びておく必要がありますね。声を聞くだけで正確な位置や人数を把握できるなんて、わたしからすれば超能力者ですよ」

幼い頃から散々聞かされた誉《ほ》め言葉だが、特に嬉しくはない。人の立っている位置を察知するなど、視力があれば必要のない能力ではないか。

「超能力というほどのものじゃないです。誰でも持ち合わせている力です。耳がいい人なら、それくらい簡単ですよ」

「しかし榊場さん、あなたは声が発せられなくても立っている位置が分かるんですよね。それはどういう仕組みですか」

「音が遮断されるんですよ」

「よければ説明してください」

「エアコンとかの作動音は一定方向から聞こえます。その前を横切れば音が一瞬途切れ、何かが移動したことが察知できます。単純ですよ」

「離れの部屋ですが……」

「練習室と言ってください」

「練習室には大型のエアコンが備え付けられていましたね。あれ、結構大きな音がするんでしょう」

「大容量なので微風モードだと、それほど大きな音はしないんです。もちろん耳障りなのは変わらないんですけど、練習室を締め切ると暑さ寒さが半端じゃないんです」

「夏はともかく、これからの季節はストーブの方が良くないですか。音だってエアコンよりは静かでしょうに」

「ストーブだと空気が乾燥してピアノに良くないんです。空気が乾燥すると音も変わっちゃうので練習には不向きなんです」

　ピアノの部屋にストーブを置くのがご法度なのは、音楽に携わる者なら誰でも知っている。その程度の知識が実は一般的ではなかったことが却《かえ》って意外だった。

光と色のない世界を含め、自分が普通と思い込んでいた事柄がことごとく特殊だと知らされる。由布花や潮田は気にするなと慰めてくれたが、隆平自身は疎外感を積み重ねていく一方だった。

特別であることがそれほど誉《ほま》れだとは思えない。

「なるほど、よく分かりました。まとめると、何かの音が発生してさえいれば、あなたは空間と物体の動きを把握できる訳ですね」

「まあ、そうですね」

「話は変わりますが、寺下博之をどう思いますか」

「変な人だと思いました。目が見えないのは僕が一番知っていることなのに、それが嘘っぱちだと言うんですよ。いったい、この人は何を言ってるんだと」

「あなたは怒ったんでしょうね」

「怒るも何も呆れました。それまでは音楽に関する話をしてくれていたので僕も気を許していたんですけど、結局は僕が嘘吐きだと決めつけた上で言質を取ろうとしていたのが分かりましたから。目が見えないふりを二十四年間も続けていたっていう話ですからね。怒るのも馬鹿らしいです」

「ふむ、怒りはない。しかし全国ツアーをするには邪魔な存在であったのも確かでしょう。現にコンサート初日には演奏を妨害されている」

「あれには驚きましたし、調子も狂わされました。でも、元はと言えば僕のメンタルが虚弱なせいです。だからあの野次を恨んだりはしていません」

「模範的回答ですが、あの野次のお蔭であとの演奏もメチャクチャになったそうじゃないですか。初日の失敗は大手新聞にまで書き立てられた。本当は内心穏やかじゃなかったでしょう」

「そんなことはありません」

次第に隆平は飽きてきた。

どうやら長沼は自分の話を最初から信じていないらしい。いくら隆平が力説したところで無意味なのだ。

「もう一度僕に聴取をするのは他にも理由があるからでしたよね。どんな理由でしたか」

「それを説明する前に確認しておきたいのですが、あなたは本当に寺下を殺していないのですね」

「殺していません」

「先刻の説明で、寺下は練習室の中で殺害されたと言いました。八日の朝、あなたは七時前に起こされたんでしたね」

「はい、母親にトイレに行っていたところを呼ばれました。練習室の中で人が死んでいる。すぐに警察を呼ぶから近寄るなって」

「前日の練習を終えてから起こされるまでは練習室には入っていないのですね」

「入っていません」

「死体の近くにはいなかったのですね」

「少しくどいですよ、刑事さん」

すると長沼は砕けた口調に変えた。

「最初にお宅に伺った際、全員の指紋と毛髪、そして唾液を提供していただきました」

「ええ、憶えていますよ。練習室の中に残っている犯人のものと区別するためですよね」

「当初はそのつもりでしたが、その後の捜査でいささか意味合いが変わってきました。寺下の死体はジャケットを剝《は》ぎ取られていました。おそらくはジャケットに犯人の毛髪なり体液なりが付着したか、あるいは犯人との交信記録が残るスマホを回収したかったのか」

「犯人との交信記録？」

「寺下が何の理由もなく榊場宅を再訪するはずがない。しかも深夜帯にです。必ず何者かと会う約束をしていたに違いない。それなら寺下のスマホには犯人との交信記録が残っている。犯人は寺下を殺害した後にスマホを回収しようとしたでしょうね。しかし簡単にはできなかった。何故なら犯人にはポケットの場所が瞬時に見つけられなかったからです」

俄に長沼の声が昂《たかぶ》る。

「焦っても時間ばかりが過ぎていく。犯人は仕方なくジャケットごと剝ぎ取るしかなかったという訳です」

「確かに理屈は合ってますけど、それが僕にどう関係するんですか」

「犯人はジャケットを脱がせる際、寺下の左手に触れたのです。犯人は気づかなかったのでしょうが、その腕には時計が嵌っていたんです。時計には、きっちり犯人のものと思《おぼ》しき指紋が付着していました」

長沼の顔が近づいてきたのが臭いで分かる。

「早速、指紋を照合してみると榊場さん、あなたの指紋と一致しました。答えていただきましょう。寺下の死亡推定時刻から起床するまでの間、練習室にはおらず、寺下の近くには立ち寄りもしなかったはずのあなたの指紋がどうして寺下の腕時計に付着していたのか」

隆平は返答に窮する。

「どうしましたか。わたしは説明を求めているのですが」

「……知りません」

「記憶違いだとも弁明しないのですね」

「僕は死体に触っていません」

「納得のいく説明がなければ、あなたを解放するのは難しいですよ」

「任意での聴取だったはずです。任意なら途中で切り上げるのも自由ですよね」

「それはその通りだけど、我々の疑念を晴らさないままで聴取が終わるとは思っていないでしょう」

長沼の顔がいよいよ近づいてくる。

「事情聴取はこの後も続きますよ。我々が納得するまでね。申し訳ないが、あなたの貴重な練習時間も犠牲にしてもらわなきゃいけなくなる。最悪の場合、公演のスケジュールも変更を余儀なくされる惧《おそ》れがある。覚悟しておいてください」

ここで退席すればますます怪しまれるし、以降は遠慮なく自分の周囲を嗅ぎ回るに相違ない。そうなれば落ち着いた状況でピアノを弾けるはずもない。

進退窮《きわ》まった隆平は椅子から立ち上がれなくなった。

3

ツアーの二日目が目前に迫っているのを理由に、隆平はようやく長沼たちの拘束から逃れることができた。事情聴取が中断したからと言って、さすがに隆平と由布花を庁舎の外に放り出すような真似はせず、長沼は警察車両で自宅まで送り届けてくれた。

ただし車内でも緩やかな威圧は続けられた。完全に疑惑が晴れないうちは、隆平も重要参考人の一人なのだとやんわり釘を刺された。
・寺下の腕時計に自分の指紋が付着していた事実に反論できなかった。反論できなければ自分を窮地に追い込むと知っていながら、ひと言も返せなかった。今後、長沼たちが執拗《しつよう》につけ狙ってくるのは隆平にも容易に想像がつく。
自宅に着くと、由布花は今まで抑えていた鬱憤を晴らすかのように愚痴を吐き出した。

「警察が、あんなに非人道的だとは思わなかった。もう最悪っ」

「まあまあ、由布花さん」

二人を出迎えたTOMの声は当惑気味だった。いつにも増して感情的な由布花を持て余しているように聞こえる。

「一人にした隆平さんを二人がかりで質問攻めにしたのよ。信じられない」

「取り調べというのは、それが普通なんだよ」

TOMは慰めにもならない言葉を掛けるが、却って由布花の機嫌を悪くしているのが雰囲気で分かる。

「普通というのは容疑者への態度としてでしょ。隆平さんは単なる参考人のはずよ。第一、目が不自由なのに、あんな仕打ちありますか」

聞いていて、隆平は少しだけ不快になる。視覚障害というだけで自分を特別扱いしないでほしい。それは自分と由布花の決め事だったはずだ。

「警察も必死なんだよ」

ばさばさとテーブルの上に紙束の落ちる音がした。

「ご覧なさい。新聞は社会面の一部に留まっているが、WEBサイトでは隆平くんの写真つきでそれぞれ数ページを費やして掲載している。普段はモーツァルトのモの字も載せないような下衆なマスコミがこれだけ騒いでいるんだ。警察だって本腰を入れてかかる」

「本腰を入れる場所が間違っている」

「それは否定しないけどさ」

「それより顧問弁護士の件はどうなってるの」

「夕方に来る手筈になっている。こちらの事情は概《おおむ》ね話しておいたけど、由布花さんや隆平くんの口から改めて説明しておくべきだろうね」

「どんな先生なの。わたしも隆平さんも会うのは初めてなんだけど」

「優秀、だと思う」

ＴＯＭの言葉はどこか自信なさげだった。

「思うって何よ。ＴＯＭさんの事務所が雇っているんでしょ」

「まだアイドル歌手のマネージャーをしている時分、二回ほど世話になった。一度はアンチによる誹謗中傷に対する損害賠償請求。彼女に関するデマをＳＮＳに垂れ流し続けたアンチ数人を名誉棄損で訴えた。当時は、誹謗中傷も有名税だからと泣き寝入りするケースがほとんどだったんだが、あまりにも度を越していたから訴訟に踏み切った。二度目は所属していた俳優が覚醒剤使用でパクられた時。検察は一罰百戒の意味を含めて厳罰を求刑するつもりだったが、ウチの弁護士が担当検事に働きかけてくれたお蔭で軽い求刑で済んだ」

「話を聞く限りでは優秀じゃない。何か不安材料でもあるの」

「殺人事件の弁護はまだ一度もしたことがない」

約束通り夕食後に件の顧問弁護士がやってきた。

「弁護士の吉川佳穂《よしかわかほ》です」

声から受ける印象では四十代、やや甲高《かんだか》い声質が耳に障る。

「概要はＴＯＭ山崎さんからお聞きしていますが、改めて状況をお話しください」

こちら側には隆平と由布花、そしてＴＯＭと潮田が控えている。説明するのはもっぱら由布花と隆平の役目で、後の二人は聞いているだけだった。ただ隆平は腕時計に自分の指紋が付着していた件については黙っていた。

「状況は分かりました」

吉川弁護士は落ち着いた口調で話し始めた。

「闇の中では発砲しようにも標的の位置が不明だけど、聴覚の鋭い隆平さんなら可能。警察が隆平さんを疑うのも仕方ないかもしれません。とても強引ではありますけどね」

「隆平さんはもう任意で事情聴取を受けてしまいました。先生にお任せする前に要求に応じたのは失敗だったでしょうか」

「本来、弁護士の出番になるのは逮捕された後か起訴されてからの方が多いのですが、少しでも弁護士に相談するべきです。まだ逮捕されていないからといって安心するのは禁物で、逮捕状を取るまでの間、警察も長い時間をかけて証拠集めをしているんです」

「逮捕された時には、もう手遅れということですか」

「犯罪として充分立証できる状況が整ってから逮捕に踏み切ることが多いですからね。それでも対抗する術《すべ》はあると思います」

「あの、先生はこういう殺人事件の弁護は初めてと聞きましたけど」

「覚醒剤の使用も殺人事件も手続き上はあまり変わりません。従って弁護人の仕事にも大差ありません。ご安心ください」

「心強いです」

由布花がそう言うものの、隆平としては心細さしか感じられない。注意深く聞くと分かるが、吉川弁護士は一般論を述べる際には決然とした口調になるものの、今回の事件に言及すると語調がわずかに弱まる。不確実なことは明言しないという信条なのかもしれないが、当事者として不安に感じる。他の三人は気づいているのだろうか。

「隆平さんに任意での事情聴取を求めた時点で、警察は何らかの確証を握っていると推測できます。隆平さん、事情聴取の際、具体的な証拠を担当の警察官から指摘されましたか」

ひやりとした。

「いいえ、特には」

「そうですか。きっとマスコミの耳目を集める事件なので早期解決を焦っているのかもしれませんね」

「でも先生。隆平さんは何もしていないんですよ。早期解決を図るのなら、他に容疑者を捜すのが当然じゃありませんか」

吉川弁護士の返事が遅れる。

「警察が見当違いの捜査をしている可能性が捨てきれませんね」

言葉を選んだために返事が遅くなったのは明白だった。

「隆平さんは濡《ぬ》れ衣《ぎぬ》を着せられているんです。先生、疑いを晴らす有効な方法はありませんか」

「警察の考えが読めない今は何もしない方がいいように思います」

「先生はどう動いてくれるんですか」

「警察の出方次第ですね。とにかく出頭を命じられたら、その場でわたしに連絡してください」

喋り方こそ親切丁寧だが、内容は無きに等しい。要するに隆平が逮捕されるまでは手の打ちようがないということではないか。

さすがに由布花も不安に感じたのか、念を押すように問い掛けた。

「まだ逮捕されていないけれど警察は証拠集めに奔走している。それなのに、こちら側は何もせず、ただ指を咥えて相手の出方を待っていろというんですか」

「落ち着いてください、榊場さん」

落ち着けと言う吉川弁護士の口調こそ慌て気味だった。

「当然、警察は榊場さんたちの動向も探っているはずです。ここで不用意な行動に出れば、自分で自分の首を絞める結果になりかねません。今は静観するべきだと思います」

打開案を提示してくれないのであれば、それ以上話していても意味がない。由布花の側からの質問が途絶えると、吉川弁護士はそそくさと帰ってしまった。

「予感的中ね」

「お詫びしますよ」

由布花の厭味《いやみ》にTOMが即座に応じる。

「殺人事件に不慣れなことを隠そうとしているのが見え見えで、却って不信を招いている。安心は禁物かもしれないが、依頼人に余分な不安を与えている時点で弁護士として失格だな」

「他に顧問の先生はいないの」

「彼女はアソシエイトの一人だから当然他にもいるんだけどさ。一度面談するなりチェンジというのは、事務所側もいい顔はしないだろうなあ」

「面子《メンツ》の問題なの」

「顧問とはこれからも長い付き合いになるから」

「事務所同士の付き合いなんて知ったことじゃないわよ」

由布花は吉川弁護士に言えずじまいだった不満をTOMにぶつけているようだ。

「二回目の公演は明後日だというのに、隆平さんはまともに練習もできていないのよ。その上、警察から四六時中目を付けられているなんて。ピアニストのメンタルをいったい何だと思っているの」

「警察にしてみれば容疑者がピアニストだろうがイワシの頭だろうが関係ないんだよ。とにかく最初の面談があの有様じゃいかにも心許ない。事務所を介して、明日もう一度人選してもらえないか打診してみよう」

「それじゃあ、わたしは隆平と一緒に東京文化会館に出向くとしよう」

潮田はすっかり飽きたように言う。

「手配してくれたTOMさんには悪いけど、今の弁護士の言い分を聞いていて正直不安が倍増した」

「いや、本当に申し訳ない」

「だから、わたしなりに隆平の不安を取り除くしかない。明日一日しかないけど最善を尽くすので、警察や弁護士への対応は二人に任せる」

「承知した」

TOMと潮田の間では合意が成立したらしい。性格は違えど、危急の際には阿吽《あうん》の呼吸で行動してくれるので心強かった。

「隆平、明日は朝からみっちり練習する。だから今日は早く寝ておけ。充分な睡眠を取るのも仕事のうちだ」

はいと返事をしたものの、安眠できる自信はなかった。

悪い予感は的中するもので、やはりベッドに入ってもなかなか眠くならない。潮田の命令を反芻《はんすう》すればするほど眠気が遠ざかっていく。

理由は、はっきりしている。取り調べへの不安や恐怖はもちろんだが、それ以上にピアノが弾けないのが辛いのだ。

今まで大抵の不安は鍵盤を叩くことで解決していた。悩みのほとんどが演奏に関わる問題であったせいだが、コンクールで一位を獲れなかった時の罵倒や揶揄もピアノを弾ければ忘れることができた。ピアノの音は最高の精神安定剤だった。

考えてみれば物心つく頃からピアノは自分の相棒だった。母親に言えない悩みも友人にさえ打ち明けられない苦しみも、ピアノに対しては存分に吐露できた。誰も理解してくれない気持ちを共有できたのはピアノだけだったのだ。

木材と鉄と羊毛と樹脂、そして十八種類の高炭素鋼で構成された楽器。鍵盤を叩けば誰でも音が出せるが、あるレベルからは奏者を選ぶ楽器。

打てば響くという言葉はピアノのためにある言葉だと思う。隆平が昂揚している時は昂る音を、消沈している時は陰陰滅滅とした音を出す。喋るのが苦手な自分に代わり、能弁に気持ちを伝えてくれる。己の語る百万語も、ピアノの一音に及ばない。ピアノこそは隆平の言葉であり、表情であり、魂なのだ。

そのピアノに今日は一度も触れていない。

まるでありとあらゆる伝達手段を封じられたような息苦しさがある。念のために確認したが、今も練習室の前では警察官が警備をしていて、中には警察関係者しか入れないらしい。

たった一日離れただけで身に染みる。自分とピアノは二つで一つの生き物だ。隆平がいなければピアノは音を出せない。ピアノがなければ隆平は自分を表現できない。隆平無二の親友であり、兄弟であり、恋人である存在。それが隆平にとってのピアノだった。

眠れないベッドの中で、隆平は十指を動かしながら煩悶《はんもん》する。

ピアノを弾きたい。

ペダルを踏みたい。

薬物中毒になったことはないが、禁断症状というのはきっとこういうものなのだろう。思考が纏《まと》まらず、意識が散らばる。

隆平はしばらく悶々としていたが、なかなか睡魔は訪れなかった。

翌九日、隆平は潮田とともに東京文化会館へ出向いた。事前にＴＯＭが話を通してくれたお蔭で早朝から備え付けのピアノを借りることができた。

「災難でしたね」

ステージ・マネージャーの藤並は心底気の毒そうに慰めてくれる。

「本番を控えたピアニストに事情聴取だなんて、警察のすることは非常識に過ぎる。いったい音楽家を何だと思っているのか」

彼もまた犯罪捜査よりはアーティストのメンタルを気にかけてくれる。世間的には異論もあるだろうが、隆平のいる世界ではそれが当たり前だ。

「他の人間ならいざ知らず、選《よ》りに選《よ》って榊場さんが犯人だなんて。目が見えないのは警察の方じゃないのかと思ってしまいますよ」

ありがとうございますと、隆平は手短に礼を言う。今は弁護の言葉を聞くより、一刻も早く鍵盤に触れたかった。

「昼には矢崎さんとオケも到着します。それまで存分に弾いてください」

これには潮田が代わって礼を言う。

「わがままを聞き届けていただき、ありがとうございます。この借りは公演のパフォーマンスでお返しします」

既にピアノはステージ上に用意されていた。隆平は椅子に座るなり蓋を開けて手を伸ばす。

指先が白鍵を探り当てた瞬間、自然にふうっと息が洩れた。紛れもなく安堵の溜息だった。

指慣らしのために〈トルコ行進曲〉を奏で始める。エキゾチックな第一主題。馴染みの感覚に指先と耳が喜んでいるのが分かる。

だが快楽を覚えたのはそこまでだった。

イ長調に転調した際、左手のテンポがわずかに乱れて分散和音が上手く乗らない。続く小節も小手先で誤魔化すのが精一杯で、本来の演奏内容とは程遠い。

隆平のピアノを熟知している潮田は、早速気づいたようだった。

「隆平、ストップ」

言われずとも途中で止めるつもりだった。

「どうした。朝飯前の〈トルコ行進曲〉じゃないのか」

「指が」

隆平は話しながら自分の左指に触れてみる。特に自覚症状はない。痙攣《けいれん》もしなければ、寒さに悴《かじか》んでいる訳でもない。

「思うように動いてくれないみたいです」

「今の箇所を、もう一度」

潮田の指示に従って反復してみると、今度は違う箇所で指が転んだ。指が転ぶなど、この数年なかったことなので隆平自身が驚いた。

どうしたんだよ。

どうして僕の意思に逆らうんだよ。

混乱して何が何だか分からない。体調に異常はないのに、左の指先だけが思うようにならない。

「完調とは言い難いな」

「でも練習すれば、きっと」

「何年、お前のピアノを聴いていると思っている」

潮田はその場を離れ、ステージ袖近くにいた藤並に話し掛けていた。

「隆平が本調子じゃないみたいです」

「ええ、それはわたしも思いました」

「今から公演の延期は可能でしょうか」

「主催者の意向次第ですね。当館としてはスケジュール調整も吝《やぶさ》かではないのですが」

「後からＴＯＭさんから連絡させます。どうかよろしくお願いします」

潮田が切実な顔であろうことは声の調子で推測できた。

「今、藤並さんと話をしてきた。聞こえたか」

「先生、僕なら大丈夫ですから」

「本番直前でこんな風になったことがあるか」

有無を言わせぬ口調だった。

「とは言え、これは今に始まったこっちゃない。隆平の演奏の確かさは折り紙つきだ。だが盤石という訳でもない。何故なら音楽性とテクニックはメンタルに裏打ちされたものだからだ。そしてお前のメンタルはお前が思っている以上にずっとずっと軟弱なんだ」

己のメンタルの弱さに関しては自覚があったから驚きはしない。だが再確認するように口に出されると、やはり堪《こた》えた。

「練習すれば何とかなります」

「何とか、という不安材料を抱えたまま本番に臨むのはカネを払って演奏を聴きに来たファンに対して失礼じゃないのか。コンクールならお前と関係者が肩を落とすだけで済むが、コンサートではそうもいかない」

反論できなかった。

アマチュアなら許されることでも、カネをもらう立場になれば許されなくなる。

「初日の失敗に加えて殺人事件に遭遇した。その上、容疑者の一人にカウントまでされている。改めて考えれば、これで動揺しない方が逆にどうかしている。あまり気に病むな」

コンサートの主役は紛れもなく隆平自身だが、失敗の責任を取る際には関係者の何人かを巻き込むことになる。その程度のことは弁《わきま》えているから、隆平も意地を張れない。

藤並と協議した結果、隆平は潮田とともに会館を後にした。

4

榊場邸に戻るなり、潮田はTOMに会館での経緯を逐一伝えた。

「延期か」

全てを聞き終えたTOMは絞り出すような声でそう言った。

「中止じゃないからまだしも救いがある。延期となればチケットの払い戻しや若干の損害金が発生するが、ACPC（コンサートプロモーターズ協会）の約款に定められた範囲内だからウチの事務所でも賄《まかな》える。ただし目下の問題はそこじゃない」

「分かっている。隆平の調子がいつ完調に戻るかだろ」

「隆平くんが急病になったと公表すればチケット購入者を含めた大部分の人間は延期もやむなしと承諾してくれるだろう。しかし延期するには次回日を明確にする必要がある」

プロモートやスケジュール管理はTOMに一任しているが、隆平にもツアーの日程変更に関わる煩雑さが理解できる。十一月中には三回目の公演が横浜アリーナで行われる予定であり、隆平の調整次第では全日程の見直しを図らなければならなくなってくる。

「今回だけの延期ならともかく、全日程のスケジュールを見直すとなるとチケット代払い戻しも含めて損害金が莫大《ばくだい》になる可能性もある。そんなことになったら、隆平くんの汚点になる」

ＴＯＭは敢えてぼかしたが、所属事務所やプロモーターに大きな損害を与えたアーティストがどんな扱いを受けるかは自明の理だ。全国ツアーなどという企画は二の足を踏むだろうし、榊場隆平というピアニストに対する評価にも減点を考えるだろう。

「それも承知している。これから隆平の調子を見ながら次回公演日を決める」

「明日までだ。少なくとも当初の公演予定日に延期と次回日を伝えないと、プロモーター側に説明しづらい」

二人のやり取りに由布花が口出しをする気配はない。隆平のコンディションとショービジネス上の交渉。いずれも由布花の手に余る問題であり、下手にくちばしを突っ込んでも足手まといになることくらいは心得ているのだ。

沈黙を守っているのは隆平も同様だった。我が身の問題なのでコンディションは自身の課題だが、ショービジネスに関してはまるで無頓着だったからだ。

少なくとも先刻までは。

自己都合でコンサートが延期もしくは中止になれば、どれだけ多くの関係者に損害をもたらすのか。恥ずかしい話だが、今まで考えもしなかったのだ。アマチュアなら許されることでも、カネをもらう立場になれば許されなくなる。榊場隆平はアーティストであると同時に生きるコンテンツでもある。自分と由布花、ＴＯＭと潮田だけではない。隆平のピアノをビジネスにしている関係者全員の生活を背負っているのだ。

途端に責任の重さを実感した。自分の身体であって自分の身体ではない。今まで充分なパフォーマンスをするために暴飲暴食や不摂生を控えていたが、それすらも己のためだけではなかったのだ。

不意に肩が小刻みに震えてきた。寒くもないのに背中に悪寒が走る。

「どうしたの、隆平さん」

「どうしたんだ、隆平」

大丈夫、と答えて隆平は片手を上げる。ＴＯＭが何も口を差し挟まないのは、隆平の心情の変化を汲《く》み取ったからなのかもしれない。

「実はついさっき警察に確認したところ、練習室の封鎖は本日限りで解除されるとのことだった。正式には午後九時をもって警察官が警備を外れる。そうなれば存分にピアノを弾ける」

「有難い。これで隆平も時間を気にせず復調に注力できる」

「ただし午後九時までは依然として立入禁止だから、少し辛抱してくれ」

「承知した」

潮田の言葉は期待を感じさせる力強いものだった。

一方、隆平はと言えば、練習室の開放は喜ばしいものの、意識し出した重責が尚も肩に圧《の》し掛かっていた。

三者三様に課題を突き付けられ、空気が重くなる。見かねたように由布花の声が上がる。

「そろそろ夕食の時間。ＴＯＭさんと潮田先生の分まで作っちゃったから食べていってちょうだい」

夕食を終えた直後、潮田は今後についての打ち合わせと称してＴＯＭをゲストルームに誘った。自分と由布花には聞かせたくない雰囲気があったので、敢えて何も言わなかった。

いったん自室に戻ってモーツァルトのＣＤをかけていたが、どうにも落ち着かない。午後九時の練習室開放が待ち遠しくて仕方ないのだ。

リハーサルで不具合が発覚してからというもの、時間経過とともに禁断症状が進んでいる。事情聴取による切迫感と重責からの圧迫感で押し潰されそうだが、ピアノさえ弾ければ緩和できるはずだった。

唐突に彼の存在を思い出した。

見知らぬポーランドの地で容疑者にされかけていた自分を救ってくれた男。優しく礼儀正しいのに、そのピアノは激烈そのものだった男。彼なら有用なアドバイスをしてくれるかもしれない。

まだヨーロッパ諸国を遠征中のはずだ。いきなり電話をかけるのは迷惑なので、メールでこちらの近況を伝えることにした。

最近の携帯端末は障害のある者への配慮も充分されている。「BrailleBack（ブレイルバック）」というアプリをインストールすると、Bluetooth対応の点字ディスプレイが利用可能になる。点字ディスプレイは触れた指の感触でテキスト内容を読み取る機器で、隆平でも楽に文章を作成することができる。

隆平は思いつくまま自分が置かれている現状を報告し、最後にこう結んだ。

『僕はどうすればこの難局を乗り越えられるのでしょうか。何かいい方法があれば教えてください』

内容をBrailleBackの画面読み上げ機能で確認してからメールを送信する。後は彼からの返信を待つだけだ。

隆平のスマートフォンはホームボタンをタップすると現在時刻を読み上げてくれる。

『午後八時十五分です』

まだ四十五分もあるのか。待ち遠しさは次第に苛立ちへと変わっていく。まずピアノ協奏曲第20番から23番までの演目をぶっ続けに弾く。多少のミスには拘《こだわ》らず、とにかく以前のコンディションに戻すのを最優先にしよう。

いや、その前に調律の必要はないだろうか。

詳細な説明は受けていないが警察が練習室に踏み込んだ際、ピアノの内部にまで手を突っ込んだ惧れがなくはないか。もしそんなことをされていれば、フェルトや弦に傷がついていても不思議ではない。大体、あの野蛮で粗野な警察が繊細な楽器をまともに扱えるはずがない。

『午後八時三十五分です』

練習室に鎮座する相棒は果たして無傷なのだろうか。今度は期待よりも心配が募ってくる。

待て、さっきTOMはこんな風に言わなかったか。

『正式には午後九時をもって警察官が警備を外れる』

言い換えれば、若干の前倒しもあり得るという意味ではないのか。

矢も楯もたまらず隆平は腰を上げる。もし練習室の開放が予定よりも早ければ良し、九時ジャストだったとしても戻ってくればいい。

自室から抜け出すと離れに向かって歩き出す。完璧に空間を把握している我が家でそっと歩くのは、不測の障害物を警戒しての行動だ。以前、床に倒れたモップに躓《つまず》いたことがある。

ゲストルームの前を通り過ぎようとした時、中から声が洩れてきた。

『いい加減、腹を割って話しましょうよ。変に隠し立てしていたら隆平に迷惑がかかる』

『そうかな』

僕に迷惑がかかる、だって。

隆平は足を止めて部屋の中からの声に聞き入る。声の主は紛れもなく潮田とＴＯＭだ。邸内の部屋はどれも壁が厚くて防音効果があるが練習室ほど完璧ではない。中で普通に話していれば、常人はともかく隆平のように鋭敏な聴覚の持ち主にはただ洩れになってしまう。

『腹を割って話すだなんて今更じゃないの。俺と潮田先生の間に隠し事なんてそんなにないはずだけど。まあ、別れた嫁だとか過去の女遍歴とかの話はさすがにしてないけどさ』

『スタジオミュージシャンだった頃にはパンツ穿《は》いてるヒマもなかったって話は聞い

たことがある』

『それ、今じゃ黒歴史なんだからさ、勘弁してよ』

『模造拳銃密輸の件も黒歴史なのか』

『……何のことやら、さっぱり分からんね』

『分からないのなら思い出させてやるよ。今から十一年前、ちょうどあなたがスタジオミュージシャンに見切りをつけてマネージャー業に転身する直前の話だ』

『十一年と言えば相当昔だよ』

『黙って聞いてくれ。当時、芸能ニュースでちょっと騒がれた事件があった。日本と欧米を行き来しているミーというスタジオミュージシャンが模造拳銃を所持していた疑いで逮捕された。模造と言っても、ちゃんと弾丸が発射できる殺傷能力のある代物だ。発見は単純なきっかけだった。イギリスのヒースロー空港で荷物の一斉検査が行われ、ミーのスーツケースから呆気《あっけ》なく模造拳銃が見つかったんだ。ミーはその場で逮捕。当局の尋問で、過去数回に亘《わた》って模造拳銃を密輸入していたことを自白した』

『憶えているともさ。仲間同士、あの女はヘマをしたとかなりの間ネタにされていた』

『ミーの持ち込んだ模造拳銃は件の突発事さえなければ空港の保安検査場を無事にすり抜けていたはずだった。それまではいちいちトランクを開けて中身を確認しなかったからだ』

『まあ、どこの空港でもそこまではしない』

『時期が悪かった。二〇〇五年七月七日、ロンドン同時爆破事件の直後だったからイギリス国内の空港全てが厳戒態勢に入り、渡航者の手荷物一斉検査に踏み切った。X線検査に反応しないプラスチック爆弾を入れたスーツケースを預け、自爆を覚悟で搭乗されたら防ぎようがないからな。ミーがスーツケースに隠し入れていた模造拳銃もそうだった。普通、拳銃は炭素鋼（カーボンスチール）もしくはステンレスかアルミ合金でできている。下部フレームが樹脂製のグロックも、銃身とスライドは金属製だ。だからX線に反応するんだが、ミーが密輸入していた拳銃は全てが樹脂でできていた。しかも分解された状態だったからX線検査では見破れなかった。検査する側もオール樹脂製の拳銃なんてのは新機軸だから分かりようがない』

『犯罪は取り締まる側の常に一歩前を行く』

『同感。樹脂製というのは、今ではもう珍しくも何ともなくなった3Dプリンターで作製したからだ。当時の3Dプリンターは一台数百万円もする代物で、しかも日本ではまだまだ珍しかった。それでも売値は本物の拳銃の半値以下だったから、貧乏な暴力団が安価で手に入れる拳銃としてうってつけだったんだな』

『悪貨は良貨を駆逐する、か。いや、この場合の喩《たと》えとしては相応しくないか』

『その逮捕されたミーだが、スタジオミュージシャンになる前はバンドの一員だった。

担当はピアノ、そしてベースギターがＴＯＭさん、あなただった』

しばらく沈黙が流れるが、話が終わった訳ではないのは隆平にも分かる。

『……バンドは短命でさ。たった二枚のアルバムを出したきりで解散したんだ。よく、そんなマイナーバンドのことを知っているよね』

『事務所の名簿で調べさせてもらった』

『どうして調べようなんて気になったのかなあ』

『もう少し待ってくれ。この話には続きがある。ミーの供述によれば、日本国内に持ち込んだ模造拳銃を暴力団に直接渡さなかったそうだ。そりゃあそうだ。帰国直後にヤクザと度々接触していたら警察に目を付けられるからな。そこで彼女はこんな手段を使った。自宅に荷物が送られてくる予定だけど、不在がちなので一時的に預かってくれないか。ミーが頻繁に外国を行ったり来たりしているのはミュージシャン仲間なら皆が知っている。気のいいヤツが二つ返事で承諾すると、ミーは後日品物を受け取って暴力団に渡す』

『面倒臭い方法だな』

『うん。だが、この方法なら自宅に模造拳銃を溜め込む必要もないから安全だ。ミュージシャン仲間の家を保管場所にできるんだものな。ミーの供述を得た警察は彼女の家族、仲間、知人たちの自宅を徹底的に捜索した。すると出るわ出るわ、彼女から送られてきた郵便物から模造拳銃が数十挺《ちょう》。だが、警察は押収したものが全てとは信じなかった。その後も根気よく捜査を続けた』

『詳しいな。いや、ちょっとばかり詳し過ぎる』

『刑事から教えてもらったのさ。隆平と由布花さんが任意で出頭した時、訊かれたんだ。「TOM山崎氏は以前、模造拳銃の話題に触れませんでしたか」って』

『何と答えたんだ』

『そんなことは一切ありませんと言っておいた。でも実際は違ったよな。いつだったか由布花さんと三人で呑んだ時、あなたは酔った勢いでこう言った。「最近、3Dプリンターで作った拳銃のニュースがあったけどさ。ネタとして古いんだよね。俺なんてずっと前から実物見てるし」』

『……おっそろしい記憶力だな』

『刑事とのやり取りで突然思い出したんだよ』

『その場ではシラを切ってくれたんだろ』

『今、隆平は大事な時だ。そんな時にあなたを遠ざける訳にはいかない』

『恩に着るよ』

『ミーが逮捕された時期とあなたがマネージャーに転身した時期が重なっているのは偶然なのか』

『彼女が暴力団と繋がっているっていう噂は以前からあった。いくら元バンド仲間でも、そういう人間とつるんでいたらいつか自分に火の粉が降りかかる。ちょうどスタジオミュージシャンとしては先が見えていたのも手伝って、演奏する側から抜けた。ミーが逮捕されたのは、それからしばらく経《た》ってからのことだ。彼女はミュージシャン、こちらは別のタレントのマネージャーになっていたから、上手い具合に警察のマークから外れていたらしい。俺のマンションには一人の刑事もやって来なかった』

『実際、ミーはあなたにも不審な郵便物を送りつけていたのか』

再び沈黙が降りる。だが今度は短かった。

『ここまで話したんだから、もう全部暴露しちゃうけどさ。彼女、きっちり俺にも送ってたんだよ、模造拳銃。ったく昔のバンド仲間だからってお安く見られたもんさ。ところが、あいつは妙に義理堅いところがあって、送り先については一切洩らさなかったみたい』

『中身が模造拳銃だと知っていたんですね』

『逮捕のニュースが流れて、まさかと思って開封したら大当たり』

『模造拳銃、どうしたんですか』

『警察には届け出なかった』

『どうして。火の粉が降りかかるのを嫌がっていたんじゃないですか』

『理由は三つある。一つは単純に届け出をしそびれたこと。元々警察が好きじゃなかったから、こちらから進んで協力するつもりがなかった。昔の仲間を売る片棒を担ぐような気もしたしさ。二つ目、馬鹿な話だが拳銃に興味があった。野郎ってのは大なり小なり皆そうじゃないのか』

潮田の返事はない。否定しないところをみると、消極的に肯定しているのだろう。

『三つ目。マネージャーに転身した直後に担当したアイドルにヤバめのストーカーがいたんだ。カミソリ送りつけたり殺害予告の手紙を寄越したりするヤツだから、念のために護身用の武器を持っていたかった』

『そんなものを持っているマネージャーだって充分にヤバいよ』

『マネージャーとしては初仕事だったし、相手が相手だったからテンパってたのさ』

『で、結局、模造拳銃はどうしたんですか』

『まだ持っている。今更だが、下手に処分したら警察に痛くもない腹を探られかねない』

『それを言うなら痛い腹でしょう。いったいどこに保管してあるんですか』

『俺のマンション。ちょっとやそっとじゃ見つけられない場所に隠してある』

『一刻も早く処分してください』

『うん。警察が怪しみ出したのなら、そうするのが賢明だろうな』

会話はそこで途切れた。

隆平は見つからぬうちにとゲストルームの前から離れる。

そうか。

警察は十一年も前の模造拳銃の事件を知ってTOMに疑惑の目を向けていたのか。

廊下を進み、離れに到着した。

警官の気配は感じられない。

隆平は恐る恐る練習室の中に足を踏み入れる。皮膚感覚で知り尽くした位置に手を伸ばすと、指先が慣れた感触の物体に触れる。

ああ、よかった。

ちゃんと、そこで待っていてくれたんだね。

蓋を開けるのももどかしく、隆平は鍵盤を指で優しく沈める。

最初の一音が宙空に放たれ壁と天井に反響して戻ってくると、ようやく人心地がついた。

翌朝、隆平は由布花とともにテーブルを囲んでいた。本来なら公演二日目の直前でそれなりの緊張があるはずだが、昨夜のうちにTOMが藤並と協議して延期を決めてくれたので穏やかな気持ちでいられる。

ただ延期されたのは一週間だけだ。隆平はこの一週間のうちに本来の調子を取り戻し、万全の態勢でコンサートに臨まなければならない。

「大丈夫なの」

食事中も由布花は気遣わしげに訊いてくる。

「大丈夫、だと思う。昨夜、少しだけ弾いたけど、それでずいぶん楽になった。丸二日間も碌に練習できていないけど、何とかこの一週間で元通りにする」

「頑張って」

由布花の言う『頑張って』には、どこか辛そうな響きがある。きっと自分のサポートできる部分が限定的なのを申し訳なく感じているのだろう。

気にしなくてもいいのに、と思う。

他の家庭で母親が子どもにどんな接し方をしているのかは分からない。そもそも隆平を取り巻く環境が普通とは異なるので比較のしようがない。けれど、いつも感謝している。

その時、インターフォンが来客を告げた。画像を見た由布花がうんざりしたように言う。

「また、あの刑事さんたち」

再訪されても迷惑だが刑事を門前払いする訳にもいかず、由布花はテーブルを離れていく。

玄関先から由布花と長沼の問答が聞こえてきた。

「そんな、急に言われても」

「我々が納得するまで事情聴取は続くと言ったじゃありませんか。お邪魔しますよ」

「ちょっと待ってください」

「公務ですので」

「待ってったら」

押し問答をしていた二人の声がこちらに近づいてくる。

「失礼しますよ、榊場さん」

ダイニングに現れた長沼は威嚇するような声を放つ。その横に関澤がいるのも分かる。

「ああ、食事が終わったばかりみたいですね。ちょうどよかった。我々とご同行いただけませんか」

「また事情聴取ですか」

「ええ、ただし重要参考人としてです」

「意味合いが違うのですか」

「今度は練習時間云々を理由に切り上げることはできません」

言葉の端々に強権の響きが聞き取れた。

「前回の事情聴取で、あなたには寺下を排除したい動機があること、加えて暗闇の中でも相手を狙って発砲できると伝えました。つまり動機と方法です。あと足りないものは凶器でした。寺下を殺害した拳銃をあなたがどうやって入手したのか。それがなかなか分からなかった」

嫌な予感がした。

「しかし、やっと見つけました。あなたのマネージャーであるＴＯＭ山崎さんですが、彼の知人が以前に模造拳銃の密輸で逮捕されていました。あなた、マネージャーの自宅に何度か訪れていますよね」

その際に彼が隠していた模造拳銃を盗んだというのか。

ひどいこじつけだと思ったが、論理的な反論を思いつかない。困惑していると、強引に腕を摑まれた。

「さあ、立って」

「隆平さんっ。ああっ、放して、放して」

どうやら由布花は関澤に押さえられているらしい。

逆らうこともできず、隆平は無理に引っ張られる。

「あなたを連れていく時は肘を摑ませるんでしたね。では、摑んで。同行に応じていただけないようなら、申し訳ありませんがわたしが引っ張っていくかたちになります」

強制的に引っ張られることには原初的な恐怖がある。隆平は仕方なく長沼の肘を掴んで後をついていく。

玄関を出ると陽光が肌を撫でた。

こんな天気の日に連行されていくのか。

焦燥と不安で胸が苦しくなる。

途端に心細くなり、その場にしゃがみ込みたくなった。

だが次の瞬間、ひどく場違いな声が降りてきた。

「何だかお取り込み中みたいですね」

声を聞くなり隆平は顔を上げた。

そんな馬鹿な。彼は今頃ヨーロッパにいるはずなのに。

だが紛れもなく彼の声だ。

「お久しぶりです、榊場さん」

声の主はショパン・コンクールのファイナルを競い合ったピアニスト、岬洋介《みさきようすけ》だった。

Ⅳ

drammatico agitato

ドラマティコ アジタート

〜劇的に引っ掻き回す〜

1

隆平はまだ事態を呑み込めずにいた。

「どうして、あなたが」

「何かいい方法があれば教えてほしい旨、メールをもらいましたから」

「メールを送ったのは昨夜ですよ。あなたはまだヨーロッパにいるとばかり」

「つい先月に帰国していました」

「知らせてくれればいつでも会いに行ったのに」

「榊場さんが全国ツアーの寸前でしたからね」

こちらのスケジュールを鑑《かんが》みて遠慮していたというのは、なるほど彼らしい気遣いだった。

岬と会うのは六年ぶりだが彼の声は少しも変わっていない。聞く者の警戒心を自然に解いてしまうような心地よさに満ちている。

「ちょっと。あなた」

長沼が二人の間に割って入る。

「そこを退《ど》いてくれないか」

「榊場さんを連行するのですか」

「あなた、誰」

「榊場さんの知人で岬という者です。榊場さん、もしよろしければ事情を話してくれませんか」

自分が容疑者にされている理由は既にメールで説明している。新たに、隆平は以前マネージャーの関係者が模造拳銃密輸で逮捕された件を伝える。

「マネージャーさんの昔のバンド仲間が逮捕された。しかも十年以上前の話ですか」

「あなた、岬さんとか言ったね。もういいだろう。道を空けてくれ。これ以上邪魔をすると公務執行妨害になりかねないよ」

「刑事さんの邪魔をするつもりはありませんが、しかし榊場さんを連行するに充分な条件と言えるでしょうか」

「何だって」

「榊場さんが模造拳銃を使用したと疑うのであれば、逮捕されたバンド仲間からマネージャーへ、そしてマネージャーから榊場さんへ模造拳銃が移動した経緯を明白にしなければならないはずです。しかしバンド仲間が逮捕されたのは十年以上前の話であり、拳銃の授受については憶測でしかありません」

「ごちゃごちゃとうるさいな」

「榊場さん。誰かに弁護を依頼していますか」

「事務所の顧問弁護士さんにお願いしています」

「なるほど。もう委任契約書のようなものは作成しましたか」

「いいえ」

「いい加減にしてくれ」

遂に長沼が我慢できなくなったのか、岬に詰め寄る。肘を掴んでいた隆平は思わず手を放してしまった。

「よろしければ僕がとびきり腕の立つ弁護士を紹介しましょうか。御子柴礼司《みこしばれいじ》という人なのですが」

瞬間、長沼が絶句する。

「どうして、その名前を知っている」

「ある事件で刑事弁護人をお願いしました。電話一本で駆けつけてくれると思いますよ」

「我々がまるで弁護士一人に怯えるような言い方をする」

「そう聞こえてしまったのなら謝ります。でも、素人目にもあなたたちの捜査方法は強引過ぎます。物的証拠の少なさを自白で補完しようとしているように見えます。御子柴先生なら手続き上の瑕疵《かし》は見逃しませんから、公判は検察側が不利になるでしょうね」

束の間、ぎすぎすとした沈黙が流れる。見えない敵意が隆平の肌に刺さる。この敵意は紛れもなく長沼たちから発せられたものに違いない。

「我々も荒っぽいことをするつもりはありません」

長沼は口調を一変させていた。

「あくまでも任意での同行をお願いしているだけです」

「それなら榊場さんにも支度の必要があるので猶予をいただけませんか。彼ほどの有名人が、まさか逃亡するとはお思いにならないでしょう」

「結構です。桜田門《さくらだもん》の庁舎でお待ちしていますから」

長沼と関澤の足音が敷地外へと遠ざかっていくのを確認し、ようやく隆平は胸を撫で下ろす。

「助かりました、岬さん」

「どういたしまして」

「隆平さんっ」

いきなり後ろから由布花に抱きつかれた。

「連れていかれなくてよかった。あの、隆平さんを助けていただいてありがとうございます……えっ。ひょっとしたらファイナリストの岬洋介さんですか。あの〈五分間の奇跡〉の」

どうやら今になって彼の素性に気づいたらしく、由布花は素っ頓狂な声を上げた。

「先月から帰国していたんだって」

「まあああああ。こんなところで立ち話も何ですので」

由布花の慌てぶりは仕方がないにしても、少し恥ずかしくもある。

「榊場さん。あなたの練習室を拝見できませんか。僕はとても興味があります」

何気ない口調だったが、隆平は岬の真意を瞬時に理解した。

「僕もちょうど二人だけで話をしたかったんです。案内しますよ」

二人だけで、と釘を刺しておけば由布花は同席を遠慮するはずだ。果たして由布花は「後でお茶を用意しておくから」と、未練がましく母屋の方へ消えていった。

隆平が先頭に立って練習室へと案内する。他人といる時はいつも従う側なので、ささやかな優越感がある。

「ああ、これは素晴らしいなあ」

部屋に入った途端、岬は称賛と羨望《せんぼう》の混じった声を上げる。

「部屋が五角形になっているし、天井も緩いカーブを描いている。設計のコンセプトはコンサートホールの再現ですか」

「よく分かりますね」

「部屋が四角いと壁の反射の影響で高音の量感が凸凹になりますからね。だから音のいいホールは大抵不整形になっています。ちょっと失礼しますよ」

何をするかと思えば、岬は両手で柏手《かしわで》を打ってみせた。

ぱんっ、という乾いた音が豊かな残響となって隆平の全身を包む。

「思った通り、響きがいいですね。フラッターエコー（定在波）も抑えられているし、残響音も豊かです。ひょっとしてヨーロッパの聖堂をイメージしているのですか」

「はい。ウィーンに行った時、シュテファン大聖堂でコンサートを聴いたんですけど、その音がとても気持ちよくって」

「ああ、確かにあそこは天井が高くて残響も長いですからね」

現金なもので、殺人事件に巻き込まれているというのにピアノや音楽の話になると我を忘れてしまう。ピアニスト同士という関係が二人の口を滑らかにしているようだった。

「死体はピアノの横に転がっていたのですね」

唐突に話題を変えてきた。

「え。はい、そうです」

「死体発見の状況を教えてください」

岬はピアノの話も犯罪の話も同じテンションで語る。多少まごつきながらも、隆平は由布花から聞いた状況、取調室で長沼と交わした内容を記憶している限り、寺下の腕時計に付着していた指紋についても説明した。

「榊場さんの話を聞く限り、捜査本部はあなたに照準を定めているようですね。暗闇の中の狙撃という点を考えれば確かに榊場さんが疑われるでしょうし、指紋という物的証拠もありますからね」

「音像で空間を把握するなんて、僕には当たり前のことなんですけれど」

「ネットで発信したら、十億単位の敵を作る発言ですよ」

岬が穏やかに笑った直後、隆平は恐怖にも似た後悔を覚えた。

彼にとっては最大の禁句を口にしてしまったからだ。

六年前の出来事だが、まるで昨日のことのように憶えている。自分たちがファイナルまで駒を進めたショパン・コンクール、岬はピアノ協奏曲第一番を選択した。

感情表現の幅の広さに隆平は畏怖した。自分とはまるで天と地ほどの差異がある。他のファイナリストも同様だっただろう。鋭さと緩慢さ、激烈さと優美さ。相反する感情の放出によって、聴く者は魂をがっしりと摑まれ、もう岬のピアノを拒むことができなかった。人が誰しも裡に秘めた感情を直接刺激するので逃げようがないのだ。

おそらくこの時点で、ファイナリストたちは岬の優勝を疑わなかった。

ところが演奏の途中で異変が起きた。ピアノがメロディを受け継ごうとしたその瞬間、突然岬の頭がぐらりと揺れたらしいのだ。岬の演奏はそれを境に乱れに乱れ、オーケストラと乖離《かいり》してしまい遂には中断してしまった。

ファイナルの時点で最有力候補だった岬が入賞すらできなかった敗因がこれだ。あまりの急変ぶりに隆平も混乱したが、岬と親しかったヤン・ステファンスというファイナリストが事情を知っていた。

岬は突発性難聴を患《わずら》っていたのだ。隆平は唖然《あぜん》としたが、何と岬は難聴という爆弾を抱えたままでショパン・コンクールに出場していたらしい。

音楽家にとって聴覚の疾患は致命的だ。オーケストラの音が聴こえなければ協奏できない。己の奏でる音のテンポも大きさも調整できないので独奏もできない。

そんな境遇の岬に対して、聴覚の鋭敏さを誇示するのは、痩せこけた避難民の前で豪華なディナーを見せつけるようなものではないか。隆平は自分が世知に疎いことを自覚している。しかしどんな世間知らずでも、本人の努力ではどうしようもないハンディを嗤《わら》うのが最低な行為であるのは知っている。

謝罪の言葉を探してみたが、語彙《ごい》の貧困さを呪うしかない。

「あの……すみません」

「どうかしましたか」

「十億の人よりあなたに嫌われたくないです」

「そんなことで誰があなたを嫌うものですか」

岬の声にはいささかの揺らぎもない。

「あなたのピアニズムは唯一無二のものです。あなたはミューズにも大勢のファンから愛されている。そういう人を嫌う理由は僕にはありません。僕の難聴について気にしているのなら、ブーメランもいいところです」

誰の責任でもないから誰も責めない。卑屈にもならない。生まれ持ったハンディは個性のようなものだ。きっと岬も同じように考えている。ブーメランというのは、そういう意味なのだろう。

「そんなことより、問題は寺下さんの腕時計についた榊場さんの指紋です。何故、あなたの指紋が付着していたのか見当はつきませんか」

「それが全然」

「最初に寺下さんの取材を受けた際、何かの弾みで指が触れたりはしませんでしたか」

「記憶にありません」

「困りましたね」

だが岬の口調は困惑どころか、どこか生徒の解答を待つ教師のような趣きさえある。

「どうして岬さんが困るんですか。僕の弁護は御子柴という先生が担当してくれるのじゃないんですか」

「刑事さんたちにはあんな風に言いましたけどね。実は御子柴先生は大層な怪我をして、未だに入院中なんです」

これには隆平も呆れた。

「刑事さんに嘘を吐いたんですか」

「満更嘘でもないのですよ。依頼人のためなら車椅子でも馳せ参じるような先生ですから。いよいよとなったら、やはり僕は御子柴先生を弁護人に推挙します」

岬が全幅の信頼を置く弁護士とはどういう人物なのか興味は尽きない。だが当面は警察の追及から逃れるのが優先事項となる。

「弁護人が必要になるのは逮捕・起訴されてからです。現状、御子柴先生を頼れないのであれば榊場さんと僕で疑惑を晴らせばいいじゃありませんか」

隆平はつられるようにして頷く。ピアニストが殺人事件の捜査をするなど噴飯ものの話だが、岬にはポーランドで自分を救ってくれた実績がある。

「それに締め切りが迫っています。全国ツアー二日目は一週間後に延期されたんですよね。つまり、この一週間で榊場さんの無実を証明しなければなりません」

「できますか、一週間で」

「最初から諦めていたら何もできません。どうしても苦手なフレーズがあったとしても、演奏者は時間の許す限り克服しようとするものです」

演奏と捜査を同列に語るのはどうかと思うが、岬が口にすると不思議に可能な気がするから不思議だ。ピアノと同じく、彼の言葉には他人を鼓舞する力があるようだ。

「一つ、質問していいですか」

「何でしょう」

「ポーランドの時もそうでしたけど、どうして僕を助けてくれるんですか。あの時は岬さんもファイナリストで練習に追われていたはずです。今回は世界中のプロモーターから招聘されて尚更忙しくて、本当ならのんびり日本に滞在していられないはずです。それなのに、どうして」

「単純な理由です。あなたにピアノを弾いてもらいたいからですよ。仮に僕が聴けないとしても、あなたの音楽を必要としている人たちのために、あなたはピアノを弾かなければならないんです」

岬の手が隆平の肩にそっと置かれる。たったそれだけの仕草が隆平を安堵させる。

「今この瞬間にも辛い境遇に泣いている人がいる。人間関係に疲れ果てて乾いてしまった人がいる。漠然とした不安や不満に苛《さいな》まれて苛立つ人がいる。音楽というのはそういう人たちを慰め、背中を押すものです。あなたには音楽を奏でる才能があり、奏でる使命がある。ミューズに愛される人間には愛されるだけの使命と義務が課せられるんです。そうは思いませんか」

隆平はしばらくの間、返事ができずにいた。今まで他人や使命とやらのために演奏したことはない。己の頭の中に流れている旋律を現実の音に再生すること。そのためにひたすらテクニックを磨くことしか考えていなかったのだ。

正直、岬の哲学は窮屈だと感じる。それでも隆平の心を惹きつける説得力があった。

「さて、練習室で確認したいことはほぼ終わりました。次は榊場さんのマネージャーさんから話を訊きたいのですが」

「大抵一日一度は来てくれてます。そろそろじゃないかな」

練習室から母屋のリビングに移ると、早速由布花がいそいそとお茶を出してきた。

「ショパン・コンクールでのご活躍、わたし本当に感動してしまって」

本人を目の前にして自制心が吹き飛んだのか、由布花はとめどなく称賛の言葉を並べ立てる。一度経験すると分かるが、称賛に耐性がついてしまうと陳腐な言葉を並べられると辟易《へきえき》するだけだ。いつもは由布花自ら愚痴っている行為にも拘わらず、すっかり失念しているらしい。

岬はと反応を窺ってみるが、彼は褒められるのが苦手なのか曖昧な返事をするに留めている。早くも隆平の方が居心地悪くなり、そろそろ母親を黙らせようとした時、やっとTOMが到着した。

「由布花さんから話を聞いて飛んできました。まさか岬洋介さんと会えるとは」

情けないことにTOMまでが狼狽気味なので、隆平は苦笑せざるを得ない。

「しかし、どうしてまたヨーロッパ遠征中のあなたが」

岬本人では説明しづらいだろうから、代わって隆平が説明する。世界に名を馳せたピアニストがポーランドで隆平の窮地を救ってくれた過去を聞くと、TOMは大層驚いた様子だった。

「それでまた今回も、隆平くんのピンチを知って駆けつけてくれたという訳ですか」

「いえ、公演延期が発表されたので気になっただけです」

「どちらにしても隆平くんを気遣っていただき、ありがとうございます」

「殺害された寺下さんについて、TOMさんも色々調べられたのだと聞きました」

「調べたと言っても噂を拾い集めただけですが、まあ業界ゴロを絵に描いたような男でした」

TOMは以前に披露した寺下の行状を岬にも説明してみせる。

「死者に鞭打つのもどうかと思いますが、正直言って寺下のような男がいなくなってほっとしている人間は少なくないでしょうね。疫病神のような男だが、我々よりも彼を憎んでいる者は大勢いる」

「しかし、警察は榊場さんを重要参考人と定めているようですね」

「隆平くんが直近の被害者であり、犯行現場の状況が状況なだけに最も疑われる立場に置かれているのは確かでしょうな」

　ＴＯＭは短く嘆息する。

「改めて考えてみると暗闇の中で正確に射撃するという犯行は、よほど耳のいい者でなければ不可能でしょう。もちろん隆平くんが犯人ではないにしても、同等かそれ以上の聴覚を必要とする。そんな人間が日本に何人いることか」

「前提条件が間違っているかもしれませんね」

「どういう意味でしょう」

「まだ思いつきの段階なので詳述は控えます」

「ウチの顧問弁護士も交えて協議してはいかがでしょうか」

　二人のやり取りを聞いていた隆平はすぐに異議を申し立てる。

「それ、無駄だと思う」

「しかし隆平くん」

「あの吉川という先生、ちょっと頼りないです」

　初対面からどうにも吉川は乗り気に感じられなかった。もっともそれは隆平も同様で、声の調子から信頼に足る人物には思えなかった。

「いくら頼りなくても弁護士には違いないだろう」

「肩書よりは実際の能力の方が大事でしょ。最初から腰の引けている人をメンバーに入れると、全体のパフォーマンスが低下しますよ」

「それってオーケストラの話でしょ」

「一緒ですよ。吉川先生、殺人事件を担当したことがないんでしたよね。でも岬さんは実際に事件を解決に導いている。経験値が全然違う」

「かと言って、吉川先生をまるで無視して事を進めれば顧問の法律事務所もいい顔はしないだろうし」

隆平や潮田のような個人事業主とは異なり、ＴＯＭは事務所の社員だ。立場上、事務所の提携先と険悪な関係になるのは避けたいに違いない。

「そもそも岬さんのような著名なピアニストに探偵紛《まが》いの捜査をお願いすること自体が心苦しい」

いかにも常識人であるＴＯＭの感想だと思った。だが一度でも岬のピアノを間近で聴いた者なら、この男に常識という物差しを当てることが無意味であるのを知っているはずだ。

「下手に警察を刺激して公務執行妨害に問われたら、却って岬さんに迷惑が掛かりますからね」

「そんな下手を打つ訳がないじゃないですか。岬さんはポーランド警察も出し抜いたんですよ」

「榊場さん」

意外にも岬が困った声で隆平を止めにかかった。

「ポーランド警察を出し抜いたというのは大袈裟です」

「でも」

「折角岬さんが差し伸べてくれた手を振り払うつもりはありません。ただ、隆平くんのマネージャーとしては、犯罪捜査以外にご協力いただきたいことがあります。大変勝手な申し出ですが、ご承諾してもらえれば、これほど有難いことはありません」

「何でしょうか」

「実は二日目のコンサートについて延期を発表したところ、予想以上にキャンセルが発生しつつあります。主催者側が気を揉んでおり、このままのプログラムでいいのかという声も聞き及んでいます」

寝耳に水だったので驚いた。

「モーツァルトはひと通り弾き慣れているから、演目の変更も不可能じゃないけど、あの三つの協奏曲にインパクトの点で勝る曲は少ないよ。第一、クラシックに明るくないお客さんにも最大限楽しんでもらうという条件であの三曲を選んだはずでしょう」

「いや、三つの協奏曲の全て、あるいはどれかを変更するつもりはありません。わたしと隆平くん、そして潮田先生が練りに練った上での選曲ですからね。今、考えているのは二日目公演のみに用意する、追加プログラムです」

反応しているのは隆平なのに、ＴＯＭは変わらず岬に話し掛けている。

「ちょっとしたアンコールなら織り込み済みだけど」

「アンコールじゃなくて、わたしは岬さんの飛び入り参加が理想的だと考えているんですよ」

「僕が飛び入り参加、ですか」

さすがに岬も面食らったらしく、声が跳ねていた。隆平は岬本人よりも驚き、滅多にないことだが腰を浮かしかけていた。

「何を言い出すんですか、ＴＯＭさん」

驚愕の後には羞恥が襲ってきた。

「藪《やぶ》から棒に、ゲスト出演しろだなんて」

「しかしね、隆平くん。ショパン・コンクールのファイナリストとして名を馳せたピアニストが二人揃ってステージに立つんですよ。想像しただけで胸が躍るじゃないか。業界人のわたしが知らないくらいだから、ヨーロッパを遠征しているはずの岬さんが突如として日本で演奏を披露すると報じられれば、インパクトは最大級だよ。キャンセルはなくなり、既にキャンセルされた分も空いている席も争奪戦になる。公演初日の印象もがらりと書き換えられる」

「ここ数年はモーツァルト漬けだった僕はともかく、今から一週間で一曲仕上げろだなんて、岬さんに失礼じゃないですか」

「岬さんは岬さんで、連日コンサートだったでしょう。決して指はなまっていないと思うのですが」

これもまたピアニストには失礼な質問だ。いくらTOMでも今の発言は許されない。

だが次の瞬間、TOMの思惑に気づいた。多少軽薄なところはあっても節度あるTOMが、不用意な台詞を吐くはずもない。

挑発だ。

TOMは岬を挑発して飛び入り参加を承諾させようとしているのだ。海千山千のマネージャーが考えそうなことだと思った。

しかしTOMは大きな勘違いをしている。

岬という男は見え見えの挑発に乗るような男ではなかった。

「ここ数日は野暮用でピアノから離れていましたから、自信がありません」

「まさか、あなたほどのピアニストが」

「コンクールに入賞もできなかったピアニストですよ」

挑発しておいて慌てて火消しに走るTOMは、まさしくマッチポンプだった。

「実現したら夢のようです」

隆平の思いを知ってか知らずか、由布花までが乗ってきた。

「あの〈五分間の奇跡〉以来、岬さんは帰国さえしていません。その岬さんがステージに立つなら凱旋《がいせん》コンサートになるんですよね。しかも隆平さんとの共演で。もう想像しただけで鳥肌が立っちゃう」

「岬さん。誤解されたら困りますが、今のはあくまでもわたしの身勝手な提案です。無茶なお願いとは承知していますが、是非前向きに考えてください」

岬の返事はない。おそらく言質を取られまいとする沈黙だろうが、二人に肯定と受け取られかねないのが心配だった。

「話を戻します。僕は一介のピアニストなので警察のような捜査能力は持ち合わせていません。でも腕のいい弁護士に心当たりがあり、正式に彼に委任する前に情報を整理しておくことくらいはできます」

岬の声でTOMと由布花が落ち着きを取り戻すのが分かる。

「僕は部外者で事件のことも関係する人の事情も十全には把握できていません。要らぬお節介なのは百も承知ですが、どうかご協力ください」

2

意外にも岬は同行相手にＴＯＭを指名してきた。

「榊場さんは一刻も早く鍵盤に触れたいでしょうからね」

では数日ピアノから離れているというお前はどうなのだと問うてみたかったが、ＴＯＭは敢えて口にしなかった。他に質問したいことが山ほどあるからだ。

本人は自虐めいた物言いをしたが、岬洋介はショパン・コンクールで入賞を逃したことで世界中に名を轟《とどろ》かせた稀有な存在だった。海外では『栄冠を捨てて偉業を為した人』と持て囃されている。もちろんピアニストとしての才能も傑出しており、ショパン・コンクールのファイナルでは誰もが彼の優勝を疑わなかったと聞いている。

かく言うＴＯＭも岬のピアノに魅せられた一人だ。スタジオミュージシャンだったから尚更彼とその他凡百の演奏者との差異が分かる。岬の演奏は録画で鑑賞しただけだが、モニター越しでもその異質さは明白だ。

つまるところ、岬のピアノは作曲者の意思を極限まで現代語訳したものと言える。バッハ、ヨンメッリ、ハイドン、モーツァルトの古典派からベートーヴェン、パガニーニ、ウェーバー、シューベルトといったロマン派まで二百年以上前の世界に生きていた音楽家たちが楽譜に込めた想いを現実の音として再現している。無論、正確に再生するだけではなく岬独自の解釈を加えているのだが、それが鼻につくどころか音楽の輪郭をより克明にしている。演奏中の表情を見ていれば容易に想像できるが、天賦の才に加えて不断の努力を窺わせる。先ほど自分と由布花に見せた穏やかさとは打って変わり、ピアノと対峙《たいじ》している岬は勇猛果敢な兵士の印象さえある。TOMのイメージでは、頭の中で絶えず倍音が鳴っているような隆平はモーツァルトであり、求道者のように我が道を往《ゆ》く岬はベートーヴェンだった。

「で、いったいどこに行こうというんですか」

TOMは愛車の助手席に座る岬を誇らしげに見る。まさか自分のクルマに世界的に有名なピアニストを乗せる日がくるとは想像すらしていなかった。

「赤坂署の熊丸という刑事さんに会おうと思います」

「最初に榊場邸にやってきた生活安全課のお巡りさんですね。でもまた何故」

「殺された寺下という人がどんな人物だったのかはTOMさんからお訊きしましたが、捜査担当者であれば、もっと多くの情報を抱えているのではないでしょうか」

「しかし、いくらあなたが世界的なピアニストであっても、クラシックに興味のないお巡りさんにはただの一般市民でしかありませんよ。いきなり我々に訪ねられて、質問に答えてくれますかね」

「だからTOMさんに同行をお願いしました」

なるほど。

熊丸が訪れた際、TOMも証言に加わった。

「刑事相手に交渉するつもりですか」

「ギブ&テイクと言ってください」

「その度胸はステージで培われたものですか。だとすれば羨ましい。隆平くんは未だにメンタルが弱くて、一つのミスをいつまでも引き摺ってしまう」

「榊場さんは人一倍繊細なのですよ。六年ぶりに会って、変わっていないと確信しました」

「それはそうですが、ステージで二時間以上演奏する上ではアキレス腱《けん》になりかねない」

「度胸は慣れで克服できます。以前、スタジオミュージシャンだったＴＯＭさんならお分かりでしょう」

　確かにその通りだ。あがり症でも人見知りでも、衆目に晒され続けるうちに感覚が鈍磨していく。終《しま》いには観客一人一人の顔がカボチャに見えてくる。

　天才と謳われる隆平の唯一の弱点がこれだ。観客の顔を見ることができないから、ホールに漂う空気感と観客の発する熱狂と沈着、歓声と罵声、それら全てを耳と皮膚で感じ取ってしまう。そうなれば観客をただのカボチャだとは到底思えなくなる。

「ハンディというのは時に武器にもなりますが、その武器が強大であるがゆえに自身を傷つけることもままあります」

「厄介なものですな」

「その厄介を、榊場さんは生まれてからずっと背負っているんです。驚嘆に値しますよ」

「あなたのような人でも驚嘆することがあるんですね」

「榊場さんは音楽の神様が人類にもたらした奇跡ですよ。少なくとも僕はそう考えています」

あなたも、そういう奇跡の一人じゃないか。

ショパン・コンクールの出来事の後、時のパキスタン大統領が岬に対して謝意を告げたのは、まだ記憶に新しい。いったい、どこのどんなピアニストがたった五分間の演奏で二十四人もの人命を救えるというのか。

「もう一つ訊いていいですか」

「どうぞ」

「隆平くんがあなたにSOSのメールを発信したと聞きました。即座に駆けつけてくれたのは、やはり彼がミューズのもたらした奇跡だからですか」

「少しだけ違います」

岬は微笑みながら言う。

「犯罪捜査の真似事をして榊場さんの嫌疑を晴らそうとするのは彼にピアノを弾いて

ほしいからですが、駆けつけた理由はそうじゃありません」

「じゃあ、どうして」

「六年ぶりに連絡をもらいました。榊場さんは何かの気紛れや冗談でそんな行動を取る人ではありません」

「そんな理由で」

「友人を助けるのに、それ以上の理由が必要でしょうか」

不覚にも心が震えた。

ピアノが激烈なら、演奏者はそれにも増して激烈だった。

「……岬さん」

「はい」

「先ほどの飛び入り参加の件、やはり真剣にご検討ください。商売っ気抜きであなたと隆平くんのアンサンブルを聴きたくなりました」

赤坂署に到着して受付で来意を告げると、別室に通された。熊丸が姿を見せたのは五分後だった。

「お久しぶりでしたね、マネージャーさん。本日は何の御用ですか」

「殺された寺下さんについて詳しい話を伺いたくて。わたしは芸能事務所の人間なので業界の噂はよく耳にする一方、どうしても情報が偏りがちになります。しかし警察ならもっと広範な情報をお持ちでしょう」

岬が名乗りもしないので一瞥《いちべつ》すると、彼は熊丸の手先に視線を向けている。先刻はTOMにも同じことをしていた。どうやら相手の顔を見る前に手先を観察する癖があるらしい。

「何故、死んだ人間のことを知ろうとするんですか。あなたは週刊誌の記者じゃない。むしろ彼らや彼らの取材を嫌う立場でしょうが」

「捜査本部の刑事さんが榊場に任意同行を求めました」

「聞いています。ウチにも事件に関連して問い合わせがありましたから」

「榊場が重要参考人の扱いを受けたのであれば、マネージャーであるわたしは立場上、疑われる理由を事務所に報告しなければなりません。加えて寺下博之がどういう人物であったかもです」

「申し訳ないですが、捜査情報を関係者に洩らすことはできませんね」

慇懃《いんぎん》な言い方ではあるが、こちらの要望を一切受け付けないという頑なさがある。当然だろう。ここまではTOMも織り込み済みだ。

さて、どうやって相手の口を開かせようかと思案していると、熊丸の視線が岬に向けられた。

「第一、あなたの隣にいる人は誰なんですか」

「紹介が遅れました。隆平くんの友人で、岬洋介氏です」

「岬……？　どこかで聞いた憶えがありますね。東京高検の次席検事も岬という名前でしたが、お身内の方ですか」

すると岬は途端に眉を顰めてみせた。

「岬次席検事は父です」

「何と」

今度は熊丸の表情が一変した。

「最初から、そう仰っていただければいいのに」

意外だったのはＴＯＭも同じだ。これまでは岬のピアニストとしての側面しか知らず、その輝かしい功績から出自にはあまり興味が湧かなかった。まさか父親が高等検察庁のナンバー2だったとは思いもよらなかった。つくづく底の知れない人物だと、改めて岬を見る。

「ご子息も検察関係者でしたか」

「いえ。僕は榊場さんの同業者です」

「音楽家が殺人事件に興味をお持ちですか」

「僕には、どうしても榊場さんが人を殺《あや》めるようには思えないのです」

「容疑者の知り合いは大抵、そう言います。おまけに榊場さんは健常者と同じようには行動できませんからね。しかし殺された寺下の行状を考えれば無理もないと思えますよ。足腰立たないような年寄りでも、あいつの悪行を知れば退治したくなる。言い方は悪いが害虫駆除みたいな感覚ですね」

「写真を捏造して、相手を恐喝すると聞きました」

「フリーライターの肩書はありますが、実際は恐喝が本業でした。アイドル、お笑い芸人、ワイドショーのコメンテーター、メディアに露出の多い大学教授と被害は多岐に亘っていますが手口は一緒です。本人の社会的地位を奪うような写真もしくは醜聞を捏造して取引を持ち掛ける。中には無視を決め込む剛の者もいましたが、寺下にしてみれば百回釣り糸を垂れて一回でも食いついてくれれば御の字。彼が遺体で発見された後に家宅捜索しましたが、押収したパソコンから恐喝のネタになった画像が山のように出てきました。同時に数種類の加工ソフトもです」

岬の素性を知ったせいか、熊丸の舌は滑らかだった。これでは何のために自分が同行したのか意味が分からない。

「恐喝を受け、被害届を提出したのは、おそらく全体の半分もいないでしょう。多くは理不尽な要求を呑み、涙に暮れている。大金を払うために借金までした者もいます。人間関係を損ね、情緒不安定になって引退した者もいます。捏造写真をばら撒《ま》かれてアイドルを断念した者もいます。榊場さんの場合はコンサートの真っ最中に演奏を妨害されている。殺人の動機としては充分でしょう」

「榊場さんも、害虫駆除と同じ感覚で寺下さんを殺害したと言うのですか」

「断言はしませんが、そうなったとしても不思議じゃない。寺下というのは、そこまで他人を追い込んで恬《てん》として恥じない男でした」

熊丸は吐き捨てるように言ってから、空しそうに笑った。

「あいつの首に縄を掛けてやりたかったのですが、それもできなくなりました。少し寂しいですよ」

赤坂署を出る頃には胸糞悪さと無常感で、すっかり気分がささくれ立った。既にこの世を去ったとは言え、悪党の行状と被害者の窮状を聞かされると胸が塞ぐ。

片や岬はと見れば、何事か物思いにふけっている。

「次は」

「寺下さんが企画を持ち込んだ春潮社に向かってください」

「付き合いのあった版元は他の情報を持っているというんですか」

「熊丸さんから教えてもらった情報では不十分な気がします」

『週刊春潮』の編集部はフロアの一角にあり、人影がまばらにも拘わらず雑然とした雰囲気が漂っていた。

「副編集長の志賀《しが》と申します」

来意を告げるといきなりナンバー2が応対し、応接室に招かれた。

「いや、まさかマネージャーさん自ら来社いただくとは」

「いつもは追われるパターンですからね」

紳士的に振る舞おうとしても、つい皮肉っぽい言い方になる。

芸能事務所にとって『週刊春潮』こそは不倶戴天《ふぐたいてん》の敵《かたき》とも言うべき存在だった。所属タレントの恥部を暴かれ、そのまま引退・廃業に追い込まれたアイドルやタレントは引きも切らない。TOMが担当していたアイドルも例外ではない。

ひと括りに芸能マスコミと言っても様々だ。ファンブック同然の提灯《ちょうちん》記事を載せる雑誌もあれば、ひたすらスキャンダルを追って謝罪会見にまで持ち込もうとする雑誌もある。その中で『週刊春潮』は芸能人の品行を政治家の汚職と同列に扱い、さながら自分たちは正義の代弁者との視点で語る最右翼だった。人である限りは弱さも醜さもある。それを隠しているからこそ憧憬も需要も文化も生まれる。少なくとも芸能に携わる人間は大なり小なり承知の上で記事を作っている。だが『週刊春潮』だけは芸能人をまるで消耗品かオモチャのようにしか考えていない様子だった。

「フリーライターの寺下さんの件はご存じですか」

「もちろんです。手前どもも驚きました。編集部に企画を持ち込んだのは先々週のことだったのに、まさか取材先で死体となって発見されるとは」

「志賀さんは企画の中身をご覧になったんですか」

「『二年前、世間を騒がせた両耳全聾の音楽家の再来だ』。寺下はそんな風に意気込んでいました。このネタがアタリなら日本クラシック界どころかショパン・コンクールまで巻き込む大スキャンダルになると」

「そのネタ、どれだけの信憑性があったんですか」

「大スクープなのでこちらも慎重にならざるを得ません。証拠を見せてくれと申し入れましたが、ネタ元や詳細を提示する段階じゃない、とにかく本人に独占インタビューしてからだと押し通されました」

聞いていると、抑えていても苛立ちが募る。

「そんな企画、よく受け付けましたね。担当マネージャーとしては、はらわたが煮えくり返る思いですよ」

この程度の抗議なら許容範囲だろう。そう考えて口にしてみると、対する志賀は物憂げに表情を曇らせた。

「お気持ちは察します。そんなスキャンダルばかり載せていたら、今に『週刊春潮』はまともな読者から見向きもされなくなる。わたしはそう忠告しました。それでも悲しいかな、雑誌は編集長のものですからね。副編なんてのはお飾りみたいなものですから発言権は無きに等しいんです」

「『週刊春潮』がそんなゲスいライターを雇っているのは驚きです」

「お堅い記事だけの週刊誌は売れないんです。中に一つ二つのゲスいものを挟まないと」

志賀は自嘲気味に笑う。

「何かとびきりゲスい記事が欲しい時には決まって寺下を呼んでましたね。これは編集長の受け売りですが、品性が下劣な人間に下品なネタを書かせれば途轍《とてつ》もなくゲスい記事になります。そして、そういう記事を顰め面浮かべながら愛読してくれる読者がいてくれるお蔭で、雑誌は命脈を保っていられるんですよ」

情けなさが堂に入っており、とても演技とは思えない。報道する側にも相応の葛藤なり確執なりがあるということか。

「ところでマネージャーさんの隣にいらっしゃるのは、ひょっとしてピアニストの岬洋介さんではありませんか」

申し遅れました、と岬は一礼する。先刻から観察していて気づいたのだが、この男は称賛されたり特別扱いされたりするのを殊《こと》の外《ほか》嫌っているようだ。

さぞかし大袈裟に騒ぐのだろうと身構えたが、志賀の反応は予想外のものだった。

「今は確かヨーロッパ遠征中でしたよね。大々的な帰国報告もなく、こうして来社いただいているのはお忍びという認識でよろしいでしょうか」

周囲に聞かれてはならじと、密室であるにも拘わらず一段声を低くする。発言権はないが節度はある男らしい。

「いったい何の目的で寺下のことを探っているんですか」

「友人が事件に巻き込まれました」

隆平が任意同行を求められた事実はまだ公表されていない。ここは名前を伏せておくのが妥当だろう。問題は悪名高い『週刊春潮』の副編集長が探りを入れてくる惧れがあることだった。

「その友人に掛けられた疑いを晴らしたく動いています。今は被害者の人となりを訊き回っている最中です」

「人となりと言われましても、あれは寄生虫みたいなものでしたから」

志賀は寺下を個人的に嫌っていたのを隠そうともしない。

「スキャンダルを暴くのを得意としていましたが、スキャンダルがなければ作ればいいと嘯《うそぶ》くような男でした。わたしが聞き及んでいるだけでも相当なガセネタを売り歩いていましたね。嫌な言い方ですが雑誌にも格というものがあって、大抵は慎重な態度を崩さないのですが、売らんかなの雑誌はガセと知りつつ記事を買っていました。そのために少なくないタレントやアイドルが泣いています」

志賀は被害の実例を挙げ始める。その半分はＴＯＭが噂で聞き知ったものと同じだったが、後の半分は初耳だった。

「寺下の通った跡には死屍累々《ししるいるい》ですよ」

「本当に死んだ人もいると聞きました」

「窪寺《くぼでら》みゆきという新人タレントですよ。演技力の確かな有望株でしたが、風俗勤めだとガセを広められたんですな。風俗店のコンパニオン紹介に彼女の顔をコラージュした写真を証拠と主張して憚《はばか》らなかった。今から見れば粗いコラでしたが、本物だと受け取る者も少なくなかった。ネットに拡散されると、出演が決まっていたドラマも降板させられて露出も控えられました。結局、彼女は線路に身投げしました」

岬の顔に影が差す。憎悪というよりは痛みを堪えるような表情だった。

「窪寺さんの遺族が寺下さんを訴えることはなかったのですか」

「当時はまだ投稿者を特定して訴える流れが確立していなかったんですよ。最近になってやっと勇気ある被害者が発信者情報開示請求をするようになりましたが、それでも相手を特定するには半年も時間を要します」

「彼女が亡くなったのはいつだったのですか」

「一昨年だったと記憶しています」

既に聞き知っていた話だが、改めて志賀の口から聞くと虫唾《むしず》が走る。これを言えば眉を顰める者もいるだろうが、この世には生きているよりは死んだ方が価値ある人間が存在するのだ。

「聞いていて気分が悪くなったでしょう。かく言うわたしも非常に気分が悪いですよ。寺下の行状を知りながら都合よく使っていた訳ですからね」

いつしかＴＯＭは志賀に対して親近感を抱き始めた自分に気付く。芸能界はいつもどこかがスポットライトに照らされている。だが光が眩《まばゆ》ければ眩いほど影は濃くなる。自分も志賀もその暗さを蔑視しながら黙認するしかないのだ。

春潮社ビルを後にしても岬の表情は優れなかった。

「気分転換にどこかで食べますか。美味《おい》しい店をいくつか知っていますよ」

「お気持ちだけいただいておきます。僕も榊場さんと同様、ピアノから遠ざけられていると落ち着かなくなるのですよ」

「寺下の話を聞いて、食欲がなくなったという訳ではないんですね」

「彼も被害者なのですよ」

岬はクルマの進む方向から視線を外さない。

「好き好んで泥濘《ぬかるみ》に顔を突っ込む人はいません。進んで闇の中に身を潜めたいと思う人もいません」

「まさか擁護するんですか、あんなヤツを」

「誰もが最初は希望と理想を抱いて、それぞれの世界に飛び込んだはずなんです。でも、全ての人が真っ直ぐ歩ける訳じゃありません。迷って脇道に入ったり立ち止まったりする人もいます。いったん光を失って道を誤った人を、僕はどうしても他人事とは思えないのです」

3

自動販売機で買った缶コーヒーを開け、自分の席でひと口呷《あお》ると、自然に溜息がこぼれた。ようやく一つの事件が終わり、この溜息はピリオドのようなものだと自覚する。

犬養隼人《いぬかいはやと》は疲れた身体を椅子に預けて天井を見る。常に複数の事件を抱え、一つが終結しても休む間もなく別の事件を追う。毎日がその繰り返しで息つく暇もない。週に一度、病床の娘への見舞いは欠かさないが、それ以外は碌に風呂も入らず、自宅に帰れば泥のように眠るだけの毎日だ。

ところが奇跡が起きた。

直近に追っていた事件で予想以上に早く容疑者が確保できた。取り調べでも呆気なく供述調書が取れたため即刻逮捕、当日のうちに送検というスピード解決と相成った。気がつけば他の事案も片付いており、何とほとんど事件を抱えていない瞬間が到来したのだ。

何も捜査せず、ただ報告を纏めるだけ。心地よい疲労感だけがあり、手持ち無沙汰の退屈さを楽しむ。コンビを組んでいる高千穂《たかちほ》はまだ外から戻らず、うるさく話しかけてくる者もいない。

久しぶりに早く帰るか。一瞬そう考えたものの、一人暮らしの部屋に戻ったところで手前を慰めるものは何一つない。ならば馴染みの安い店でちびちびと酒を呑むのが、惨《みじ》めたらしくて自分に合っている。

腰を上げようとしたその時、卓上の電話が鳴った。一階受付からのコールだった。

まあ、こういうものだ。

心中で舌打ちをしてから受話器を上げる。

「はい、捜査一課」

『犬養さんに面会です』

反射的に腕時計を見る。午後八時二分。こんな時刻にいったい誰が何の用事だ。

『岬洋介という方です』

「それを早く言ってくれ」

電話を切るなり、犬養は一階フロアに急ぐ。

「ご多忙のところ申し訳ありません」

岬は受付の前に佇《たたず》んでいた。

「まだ日本にいたのか。そろそろ海の向こうに戻ったと思っていたが」

「向こうでのスケジュールは全部真っ白になりました」

「とにかく立ち話も何だ」

フロア隅の部屋に岬を連れていく。折角の面会なので膝を交えて話したい。

椅子に座ってからも、岬は丁寧に頭を下げた。

「先日の法廷ではご迷惑をおかけしました。お蔭で友人を救えました」

「昔話を披露しただけだ。気にするな」

先月、犬養は岬の要請で証言台に立った。担当していない事案絡みで証言するのは初めてだったが、世間を騒がせている裁判に決着をつけるためならとこれに応じたのだ。犬養の証言が功を奏して岬の友人には無罪判決が下されたので、犬養も気分よく新聞を眺めることができた。

「実の親子が法廷で雌雄を決するなんて、そうそうお目にかかれるものじゃない。大いに楽しませてもらったからチャラだ」

だが岬と話すと気分がいいのは、それだけが理由ではない。彼と話していると、不思議に心が解れてくるのだ。仕事柄、毎日のように下衆な容疑者を相手にしている。容疑者が下衆でない場合は事件の態様が醜悪だったり悲惨だったりと、神経がささくれ立ってくる。

犯罪は不幸を生むが、犯罪もまた不幸から生まれる。事件が解決しても喜びよりは虚《むな》しさが残るのはそのためだ。失ったものは決して戻らず、事件関係者は心に傷を負ったまま先に進まねばならない。事件解決は背中の荷物を一つだけ下ろすようなものだ。

だが岬が介在する事件は少しばかり様相が違っていた。関係者の多くが軛《くびき》を解かれ、退廷する者はまるで名演奏を聴いた直後のような顔をしていた。

音楽家だからではないのだろうが、岬は罪や罰よりも人々の安寧を追求しているように思える。怒りよりは赦《ゆる》しを、断罪よりは救済を優先しているように見える。犬養にはない資質なので、尚更清新に感じる。

「元被告人の彼はどうしている」

「早速、職場復帰しました。裁判中に中断していた仕事を再開したけど、書類整理に追われてなかなか捜査を進められないとこぼしていましたよ」

「検察官が忙しいなんて碌な世の中じゃないな。ところで今日は何の用だい」

「面倒なことをお願いしにきました」

「また証言台に立つのか」

「立つだけではなく、あちこち歩き回ってもらう羽目になるかもしれません。等々力の住宅地で発生したフリーライターの殺人事件をご存じですか」

「今朝も捜査会議があった」

寺下博之が殺害された事件は桐島班の専従になっている。犬養は別の事件に首を突っ込み、現場には桐島班の長沼が向かっていた。そのため捜査では主導せず後方支援に回っている。

「ずいぶん評判のよろしくない被害者だったみたいだな。芸能プロダクションの集中している赤坂署には被害届が複数入っている。殺されても仕方がないという声さえある」

話しながら、長沼が重要参考人として挙げているのが榊場隆平というピアニストであるのを思い出した。

なるほど、そういうことか。

「関係者の一人はショパン・コンクールで君と入賞を競っていたピアニストだったな」

「死体発見場所が彼の練習室でしたから、疑惑を持たれるのは当然です」

どうやら事件の詳細は榊場本人から聞いているようだ。

「前回と同様、また知り合いを窮地から救い出そうというのか」

「榊場さんは無実だと信じています」

「友人の潔白を信じるのはいいが、あくまでも君は部外者に過ぎないからおいそれと捜査情報を洩らす訳にはいかない。君の要請に従うのも大いに問題ありだ」

「要請ではなくお願いです」

「同じことだろう」

「では市民の義務という名目ではいかがですか。僕には二、三思い当たる手掛かりがあります」

「そうだろうな」

一般市民が口にすればこれほど眉唾な話もないが、岬が語り出すと一気に信憑性が増す。この男には誇張も虚偽もないからだ。

「その手掛かりとやらを捜査本部の誰かに告げたのか」

「犬養さんが最初です」

「どうして俺を選んだんだね」

「あなたは単独で動ける警察官で、実際にも一人で動いていそうだからです」

「人をはぐれ者みたいに言うな。警察には規律ってものがある」

「はぐれるのは、必ずしも悪いことではないと思います。規律がそれほど重要とも考えません」

「そりゃあ君が単独で曲を奏でられるピアニストだからじゃないのか」

指摘されると、一瞬岬は意表を突かれたようにきょとんとした。

「なるほど、そうかもしれません。アンサンブルの難しさとソロの難しさは別物ですしね。ただし共通しているものもあります」

「どちらも同じ音楽だ」

「ええ。そして単独の捜査も集団での捜査も求められるのは真実じゃありませんか」

何やら牽強付会《けんきょうふかい》のきらいはあるが、不思議に納得してしまう。岬に言われるまでもなく、犬養は鎖から解かれた方が機敏に動き回れる。どれだけ奔放に走っても、最終的には獲物を咥えて帰ってくるので誰も文句を言わない。陰口くらいは叩かれるだろうが、おとなしくしていても陰口を叩かれるから同じことだ。

「僕からのお願いではなく、情報提供という名目なら警察も納得するのではありませんか。もっとも犬養さんにしてみれば名目なんて何でもいいのでしょうけれど」

「その手掛かりとやらを具体的に言ってくれないか」

「榊場さんでなくても、暗闇の中で正確に射撃できる方法です」

岬から説明を受けた犬養は小さく唸る。

なるほど、それなら可能だ。どうしてこんな単純なことに気づかなかったのか。

「お前さんの言わんとすることが透けて見えてきた。つまり家宅捜索か何なりで証拠物件を掻き集めろというんだな」

「すみません」

「少なくともピアニストに許される仕事じゃないからな」

「解剖報告書は上がっていますか」

「それが奇妙でね」

犬養は捜査会議で発表された内容を伝える。伝えてしまってから岬が部外者であるのを思い出したが、後の祭りだった。

「自分の馬鹿さ加減に腹が立つな。どうしてぺらぺら喋っちまうんだか」

寺下に撃ち込まれた二発の弾丸は体内から摘出された。星型裂創でほぼ接射創と思われたにも拘わらず貫通しなかった理由は弾丸の形状にある。

弾丸は貫通するよりも体内に残っている方が、殺傷能力が大きいとされる。体内に留まることによって発射エネルギーが臓器への破壊力に変換されるからだ。従ってライフルに比べて威力の低いピストルは、可能な限り貫通させないために弾丸のデザインを考慮している。一例を挙げれば、弾丸が人体に突入した際、先端が膨らんだり開いたりするように工夫されている。アメリカ、フェデラル社製のハイドラ・ショック弾がその代表格だろう。

寺下に撃ち込まれた弾丸も例に洩れず先端が見事に開いていた。相手の抵抗力を殺《そ》ぐのではなく、最初から致死を目的とした射撃であったと推測できる。

問題は線条痕だった。

飛行物体を回転させると命中率が高くなる。そのため銃メーカーは切削、スウェージング、電解プロセスなど様々な手法と機器を使って銃身に螺旋《らせん》状のライフリングを施す。各社とも手法や技術が異なり、溝の数や深さ、幅など微妙に異なるため、相違点を把握することによって、弾丸のメーカーや発射された銃を特定できる。言わば銃の指紋だ。

ところが寺下の体内から摘出された二発の弾丸は特定が困難だった。鑑識課、科警研が弾丸に刻まれた線条痕を比較顕微鏡の1000分の1ミリメートル単位で分析したが、データベースに保存された過去に使用された銃どころか、いずれのメーカーの特徴とも合致しなかったのだ。

「おそらく改造銃の一種じゃないかと言われている。今日びは3Dプリンターで何でも作り放題だからな。危なっかしいルートで購入するよりもリスクが小さい。もっとも銃本体のクオリティが問われるから一概に有利とも言えないが」

「自作すれば必ず痕跡が残ります。発見できれば立派な物的証拠になり得ます」

「部屋に痕跡を残すような迂闊《うかつ》なヤツならいいが」

「犯人はとても利口な人物です。そして利口な人物ほど、どこかで迂闊な真似をするものです」

岬の言葉は犬養の経験則とも合致するので納得せざるを得ない。

「それで、君はどうする」

「ステージを用意しようと思います」

「ステージ。いったい何のステージだ。またぞろ君自身が特別弁護人として法廷に立つつもりなのか」

「法廷に立つのは、もうこりごりです」

岬は本当に嫌そうな顔をする。

「結構さまになっていたと思うが」

「僕が立ちたいのは法廷ではない、別の場所です」

「じゃあ、どんなステージなんだ」

「文字通りですよ」

岬はぺこりと頭を下げて部屋を出ていった。立ち居振る舞いだけを見ると、とても世界的に著名なピアニストとは思えない。どこにでもいる、普通の好青年だ。

いや、どこにもいないか。

彼は人並み外れた数多の才能を、ほぼ他人を癒やし救うために使っている。多少の強引さを許してしまうのは、そうした素地が見えるからに違いない。

犬養もやや遅れて部屋を出る。馴染みの店で一杯ひっかける計画はご破算になってしまった。

4

協奏曲第23番を弾き終えた隆平は、両腕を鍵盤から離して大きく息を吐いた。23番だけでも全楽章で二十五分強、休みなく指を動かし続けると相当に体力を消費する。スタミナ配分を考え、尚且つところどころで要求される勘所を外さない。演奏しながら絶えず先々の難所をどう克服するかを考える。隆平の特技は脳にインプットされた楽曲を正確無比に再生してしまえることだが、それには持続力と瞬発力が必要となる。隆平自身はトラックを走ったことはないが、中距離走というのはこれに似た感覚ではないのか。

その時、ドアがノックされた。演奏の合間を見て練習室に入ってくるのは事情を知っている人間だ。

「入ります」

遠慮がちな声の主は岬だった。

「夜分に申し訳ありません」

「こんなの夜のうちに入りませんよ。岬さんも練習中はそうでしょう」

「健康管理も仕事の一部ですよ。焦ってしまう気持ちも理解できますが」

「さっきは母とＴＯＭさんが失礼をしました。特にＴＯＭさんですけど」

「あなたのためを思っての言動でしょう。マネージャーとしてはこの上ない人材だと思いますよ。ちょっと失礼」

岬は手近にあった椅子を引き寄せて腰を下ろす。声の出る高さが隆平と同じなので、すぐに分かる。

「ＴＯＭさんと一緒に、どこに行ってきたんですか」

「色々な場所に赴きました。どこも音楽には縁のないところだったので少し疲れました」

やはり岬は同族なのだと思い、嬉しくなった。自分は音の世界の住人なので、旋律が長時間途絶えると次第に落ち着かなくなる。絶対音感を持つというのも考えもので、日常の生活音や環境音が無意識のうちに音階に変換されてしまうので耳障りになって仕方がない。蛍光灯から発せられる高周波音はその最たるもので、長く聞いているとその場から逃げ出したくなる。

「何か分かりましたか」

「何となくですが全体像は摑めたような気がします。言ってみれば曲想ですね。各フレーズの分析はまだこれからです」

「犯人が誰なのかも、ですか」

「榊場さんは、そんなことを気にする必要はありません。いや、そもそも気にする余裕がないでしょう。今しがた部屋の外で音を聴いてしまいましたが、焦っているのが一聴瞭然でしたよ」

「同業者には敵わないなあ」

「コンチェルト三曲で焦ってもらっては僕が困ります」

「どうしてですか」

「お忘れですか。あなたのマネージャーさんから飛び入り参加を打診されています」

「忘れてください」

隆平は岬の言葉を遮る勢いで謝る。

「ただでさえ捜査に走り回ってもらっているのに、この上ゲスト出演なんて。失礼にもほどがある」

「僕は興味があるのですけど」

「え」

「予定されていた僕のスケジュールは全て白紙になりました。帰国したものの人前で演奏する予定もありません。商売あがったりですが、ちょうどいいタイミングでTOMさんからオファーをいただきました。まさに渡りに船ですよ」

「いいんですか。僕は嬉しさしかないんですが」

「人前で弾かない期間が長くなると勘が戻りにくくなります。それが一番の困りものです」

この言葉も隆平には納得できる。毎日練習していると実感するが、一日休むと元の調子に戻るのに一週間ほどを要するのだ。

「ありがとうございます。ＴＯＭさんや母もそうですけど、僕が一番喜んでます」

偽りのない本音だった。ショパン・コンクールでの演奏を聴いて以来、岬のファンになった。自分とは全く異なるスタイル、未体験のピアニズムは衝撃的ですらあった。いつか彼の演奏を間近で聴けたらと願っていたのだが、思いのほか実現が早まったという訳だ。

「ただですね、榊場さん。現段階でプログラムを大きく変更するのは困難なので、アンコール程度の短い曲しかお披露目できないと思うのです」

「もったいないけど、同意します」

「考えたのですが、モーツァルトの〈2台のピアノのための協奏曲〉はどうでしょうか」

思わず隆平は歓声を上げそうになる。その選曲こそ願ったり叶ったりではないか。

正確には〈ピアノ協奏曲第10番変ホ長調K.365〉。モーツァルトがザルツブルクの実家で行われる音楽会で姉ナンネルとの協奏を想定して作曲したと言われている。〈3

台のピアノのための協奏曲〈長調K.242〉を後になって2台用に編曲したものもあるが、これは当初より2台のために作曲された。

この時期のモーツァルトは人生に打ちひしがれていた。父親から離れて自由を味わったものの旅先で母親を失い、想い人にも振られ、傷心のまま郷里に舞い戻ったのだ。刺激に満ちた都会に比べ、何もすることのない田舎は彼にとって敗残者の終着地でもあった。すごすごと舞い戻ったザルツブルクで最初に作ったのがこの協奏曲という訳だが、内容は明朗快活で喜びに満ち溢れている。神童モーツァルトの、まさに面目躍如といった曲で、隆平のお気に入りでもある。

そのお気に入りを岬と協奏できるなんて。これ以上の至福があるだろうか。

「ただしアンコール程度なので一楽章だけを弾くことになりそうです。演れますか、榊場さん」

「折に触れて弾いている曲なので、今から仕上げに入っても充分いけると思います」

「僕の方はしばらく集中しなければなりません。ユニゾンを合わせなければなりませんから、二人で練習する場所も必要です」

「それならTOMさんを通じて会場の東京文化会館に交渉してはどうでしょうか。岬さんが出演してくれるとなったら、ステージ・マネージャーもきっと全面的に協力してくれます」

「それなら有難いのですけどね。ただ、どんなかたちの練習になるにせよ、確認しておかなければならないことがあります。榊場さんに訊かなければ解決しない話です」

「何ですか、その確認って」

「どうして嘘を吐いたんですか」

V
quieto coda
クイエート コーダ

〜 静かなる終わり 〜

1

全国ツアー二日目に岬洋介がゲスト出演することが公表されると、クラシック界は騒然となった。前日までキャンセルが相次いでいたチケット購入サイトは再申し込みが殺到し、瞬《また》く間にサーバーダウンを起こしてしまった。

岬の帰国は一部にしか知らされていなかったため、突然の発表にフェイクニュースを疑う向きもあったが、隆平と岬のツーショットがサイトに掲載されるとやがて立ち消えた。

東京文化会館を練習の場に使用する件については、隆平の予想した通り、藤並から早々に許諾があった。

「いや、しかし、まさか榊場さんがこんな隠し玉を持っていたとは」

リハーサルに姿を現した藤並は岬の姿を認めるや否や駆け寄ってきた。

「ショパン・コンクールでのご活躍、同じ日本人として感動しました」

対する岬は日本に握手の習慣がなくて良かったというような顔をしている。

「記念すべき最初の帰国凱旋コンサートに当館を選んでいただき、大変光栄に思います」

「いや、これは榊場さんのコンサートで、僕は刺身のツマに過ぎません」

岬が真剣に言えば言うほど、藤並は謙遜と捉えて相好を崩す。

「お蔭様で、つい先ほど全席ＳＯＬＤ ＯＵＴとなりました。あ、もちろん招待席の四席はちゃんと確保しています」

「ご配慮、ありがとうございます」

その後も藤並は本人を目の前に称賛の言葉を浴びせ続ける。岬は笑顔こそ崩さないものの、目が輝いていない。

言いたいことを全て吐き出した体の藤並が退場すると、次は矢崎ゆかりが登場する。

「指揮の矢崎ゆかりです」

呆れたことに、彼女までが岬を前にして緊張している。

「オケの皆が岬さんとのコンチェルトを楽しみにしています。もちろん、わたしも」

「恐れ入ります」

「あの、わたし、ファイナルのあなたが弾くノクターンを聴いて感動してしまって」

ああ、矢崎ゆかりも自分と同類だったのか。

袖からステージを眺めながら由布花は感慨に耽《ふけ》る。新進気鋭の指揮者として注目を浴びる矢崎ゆかりが、岬の前ではただのいちファンに戻ってしまうのが何とも微笑ましい。

愛しの息子はと見れば、岬が困惑している様子を聞き取っているらしく、にやにやと笑っている。公演延期のプレッシャーから解放されているのであれば万々歳だ。

隆平のメンタルの弱さは度々指摘されていた。幼少期には母親の自分が矯正してやることも考えたが、隆平の置かれた境遇を考えると不憫《ふびん》で決心が鈍った。潮田が指導者に名乗りを上げてくれたお蔭で多少は改善されたが、頑張っている隆平を見ると今でもいじらしくなる。

過保護じゃないのか、と言われたことがある。一瞬、過保護という言葉に反発を覚えたが、少し考えて当然だと思い直した。

隆平は目が見えない。我が子が障害を負っているのなら、過保護くらいでちょうどいいではないか。外からならいくらでも批判できる。由布花の立場は由布花でなければ理解できない。

メンタルの弱さを克服するには慣れるしかない、と潮田は言った。こうしてステージ上の隆平を見ていると、それが正解だと思わずにいられない。しかも今回は岬がセコンド（第二ピアノ）を担当してくれる。今までソロがほとんどだった隆平にとって、またとないレベルアップの機会になるのは間違いない。

一曲を二人で弾く、というとクラシックに明るくない者は即座に連弾を想像するらしい。だが連弾と2台ピアノは全くの別物だ。

連弾はプリモ（第一ピアノ）が高音部を担当し、セコンドが低音部を担当する。つまり一曲を二人が分担して奏でるかたちになる。ソロで演奏する際は右手がメロディを、左手が伴奏を奏でる。自ずとメロディは明確な音を放ち、伴奏はやや控えめな音量となる。従って連弾の場合もプリモはソロと同様の弾き方をするのに、セコンドは伴奏を強調した弾き方になる。

他方、2台ピアノはそうした束縛が少なくなる。メロディと伴奏の分担はあるが、双方とも両手を駆使してピアノを全開放するので二台のピアノの重なる音量が凄まじいものとなるのだ。連弾は二人が協力し合うイメージだが、2台ピアノは競い合うという感覚か。

ただし2台ピアノならではの難点があり、連弾と違って相手の運指が見えず音も至近距離で聴けないため、タイミングを合わせるのが困難になってしまうのだ。

だが隆平と岬のペアなら恐れることはない。隆平の耳の良さは折り紙つきであり、岬のアンサンブルのセンスは卓越している。最初の音合わせに立ち会ったが、その時点で二人のピアノからは確かな親和性が感じられる。

「年甲斐もなくわくわくするなあ」

由布花の隣に立つ潮田が興奮を抑えきれないといったように洩らす。

「潮田先生もですか。わたしも今から二人のアンサンブルが楽しみで楽しみで」

「いや、もちろんそれもあるんですが、わたしが楽しみなのは隆平の伸びしろなんです」

潮田の目はずっと隆平に注がれている。

「隆平が今までやってこられたのは彼のピアニズムが独特で他を寄せ付けなかったからです。従来のメソッドで技術を習得した人間は所詮団栗《どんぐり》の背比べでしかない。凡百のピアノ教室から生み出された生徒たちはがちがちの枠に囚われていて、突破力も殺がれている。言わば天然の隆平はメソッドも枠もないので彼らを凌駕《りょうが》することができた」

潮田の言説はすとんと胸に落ちてくる。隆平の特異さは最初の発表会の時から明らかだった。障害の有無ではなく、奏でる音がとにかく奔放に聴こえたのだ。それに対し、ピアノ教室に通っている子のピアノはいずれも纏まりが良く、言い換えれば聴いていて退屈でしかなかった。

「だけどメソッドを持たないがゆえに、壁にぶつかった時の対処法を見つけにくい。実際、メンタルの脆《もろ》さからくるコントロール能力には限界が見えていました。ツアー初日の乱れ方はその弱点を如実に示していた」

「元々、繊細な子でしたから」

「繊細さはピアノだけで充分」

ことピアノに関しては、潮田も辛辣《しんらつ》だ。

「正直、隆平がこれより上を目指すには何が必要なのか、ずっと考えあぐねていたんです。答えは簡単でした。同等か、それ以上のレベルで競える相手がいればよかったんです。ご覧なさい。己のテクニックだけではどうしようもない2台ピアノなのに少しも心配そうじゃなく、逆に楽しくて仕方がないって顔をしている」

同感だった。本番ならいざ知らず、リハーサルの段階でこれほど隆平が表情を輝かせているのを見たことがない。

「改めて感心するのは岬さんの対応力ですよ。今まで隆平と連弾を挑んだ人間は少なからず存在しました。かく言うわたしがその一人ですけどね。でも、誰一人として隆平とは同調できなかった。いや、稀に破綻のない演奏を聴かせてくれたこともありましたけど、それは隆平が自分のパフォーマンスを無理に抑えて相手に合わせてくれたからです。当然、トータルの仕上がりは1＋1＝2未満になりました。それじゃあ協奏の意味がない。ところが岬さんのピアノは隆平を自由に歌わせてくれる。隆平が駆け上がればちゃんとついてきてくれるし、弾けようとするとすかさず低域をカバーして繋ぎ留めてくれる。これが初顔合わせとはとても思えない」

「ウマが合うんでしょうか」

「それもあるでしょうけど、やはり岬さんの支配力の賜物だと思います。支配力というのは何も相手を抑え込むだけではなく、どこまで能力を引き出せるかにも及ぶ。ひと言で言えば、岬さんのピアノは大抵の個性を自家薬籠中のものにしてしまうんですよ」

「よく分かりませんけど」

「演奏の幅、というかスケールが異常に巨《おお》きいんですよ。だから隆平のように特異なピアニズムにも容易く反応できてしまう。つくづく二〇一〇年のショパン・コンクールが悔やまれます。もしもあの時岬さんが完調だったら、間違いなく入賞者の中に二人の日本人がいたはずです」

潮田はいかにも残念そうに唇を曲げる。

「明日の本番、たった十分間の共演ですが、成功すれば必ず隆平は一つ上のステージにいける。わたしはそう信じていますよ」

由布花は無言のまま頷く。ここしばらくは凶事が続いたが、土壇場になって風向きが変わった。明日の本番では、今まで見たことのない隆平に会えるかもしれない。

期待に心が躍った。

正午を過ぎると、リハーサルはいったん休憩となった。オーケストラの面々は思い思いの場所に散り、隆平と岬は藤並の計らいで各々に楽屋を宛てがわれた。

由布花は目黒朋園《めぐろほうえん》の弁当を携えて岬の楽屋に向かう。隆平への尽力を考えれば仕出し弁当など恥ずかしい限りだが、今はこれくらいしか思いつかない。

ドアをノックするとすぐに返事が戻ってきた。

「失礼しますね」

中では椅子に座った岬が片方の目を閉じていた。まるで今の今まで瞑想《めいそう》に耽っていたような顔だった。

「よろしければお弁当を用意しましたので」

「ああっ、すみません」

途端に岬は両目を見開き、わざわざ立ち上がって恭《うやうや》しく弁当を受け取る。

「何から何までお世話になってしまい、恐縮です」

いったい、この人は何者なのだろう。

世界中のプロモーターからラブコールを受けているのに、たかが弁当一つにこれほど恐縮してくれるとは。礼儀と片付ければそれまでだが、立ち居振る舞いが付け焼き刃かそうでないかくらいは見ていて分かる。

「やめてください。本当なら、ちゃんとしたお店でゆっくりおもてなししたいんです」

「嬉しいお誘いですが時間がありません。本番まで、あと正味一日ですから」

「リハーサルでは差し迫った問題は何もないように見えました」

「まだまだです。あれでは榊場さんの理想には程遠い」

「あの子が、そう言ったんですか」

「口には出しません。でも分かるんですよ。もっと自由に弾かせてくれと彼は訴えています。その要求に応えるためには、あんな演奏では及第点すらもらえません」

あまりに物腰が柔らかいので、多少失礼な質問にも答えてくれそうな気になる。この際だからと、由布花は勇気を出して問い掛ける。

「あの、隆平さんとの共演は明日一回こっきりなんでしょうか」

「明日、失敗するかもしれないのですよ」

「きっと成功しますよ。成功したらその後のツアーも一緒に回っていただけませんか。岬さんと隆平さんの共演を聴きたい人は日本中にいます」

「契約では一回きりです」

「そんな契約、いつしたんですか。わたし、知りませんよ」

「TOMさんとの約束では、そういう内容でした」

「あれは単なる口約束じゃないですか」

「口約束でも双方の合意さえあれば契約が成立します。第一、僕が一年もの間、ツアーに同行できるとは思えません」

「スケジュールは空白じゃなかったんですか」

「向こうで僕のマネージャーが奔走してくれています。プロモーターとの交渉が平和裏に済めば、即刻呼び戻される運命です。キャンセルしたコンサートの違約金が相当な額らしいので、支払い終わるまでは奴隷ですよ」

「違約金って、いったいどれくらいなんですか」

事務所に払える範囲なら肩代わりしても構わない。そう考えて尋ねたのだが、返ってきた金額は由布花の想像よりもふた桁多かった。

「そんなに……」

「向こうのショービズというのは、日本とは比べものにならないくらいにシビアなんです。クラシックの市場が大きい分リターンも大きいのですが、ペナルティも半端じゃありません」

金額を聞いた途端、軽い眩暈《めまい》を起こしそうになった。隆平がコンサートで収入を得るようになってから久しいが、まだまだ自分たちは井の中の蛙《かわず》だ。世界は呆然《ぼうぜん》とするほど広大で、慄然《りつぜん》とするほど凶暴なのだ。

「……改めて恐ろしい世界なんですね」

「他人事ではありません」

岬は一瞬、真顔になる。

「近い将来、榊場さんも世界市場に投げ出されることになります。ＴＯＭさんから、その類の話を聞いていませんか」

「わたしは全然」

「僕がヨーロッパを遠征している途中、多くの関係者から尋ねられました。リュウヘイ・サカキバはいつになったらこっちに来るんだと。帰国後、日本国内のオファーが相次いでいるのは皆さんが知っていました。今回の全国ツアーの件もです。おそらく榊場さんが落ち着いた頃を見計らって各国のプロモーターが動き出すでしょうね」

不意に由布花は瘡蓋《かさぶた》を剝がされたような痛みを覚える。

今まで海外進出の話が出なかった訳ではない。具体的なオファーこそないものの、いずれは海外ツアーも視野に入れるべきだとＴＯＭから告げられてはいた。

当分、後の話よ。

そう答えたのは、隆平が世界に飛び出るのが怖かったからではないのか。我が子が自分の庇護から離れていくのが怖かったからではないのか。

「今更の話ですが、榊場さんのピアノは日本国内に留まるものではありません。欧米、アジア、中近東、アフリカ、音楽を知る世界中の人々が彼の音楽を待っています。もう、榊場さんは誰か一人のためのものではないのですよ」

あっと思った。

初めて顔を合わせてから数日しか経っていないのに、自分が未だに子離れできていないのを既に見抜かれている。

いったん世界に出てしまえば、隆平は否応なく日本の狭さを知ることになる。活動範囲が広くなれば手枷足枷《てかせ》は邪魔になる。母親の手など鬱陶しくなるに決まっている。

それが何より怖かった。

生まれた時に視覚障害を負っていると知り、自分が隆平の目になろうと決意した。隆平の障害は母親にも責任があるのだからと己を追い込んだ。だが、あまりに執着したためにいつしか目的を見誤ったのかもしれない。

「実を言うと、少し榊場さんが羨ましかったんです」

「……え」

「僕の父親は音楽に理解のない人間で、高校に上がってからはピアノを弾く度に睨《にら》まれました。親が決めた進路を歩けと怒鳴られました。だから一時期は音楽の世界から離れさえしたんです」

「とても信じられません。お父様が岬さんの才能をフイにするような真似をするなんて」

「父親というのは大なり小なり、そういうものかもしれません。息子が進もうとすると壁になって立ちはだかる。その壁を飛び越えるか破壊するかしない限り、息子は成長もしなければ希望する人生も歩めない。その意味では父親に感謝しているんです。

今の僕が在るのは父親のお蔭なのですから」

ふと思う。

夫が生きていれば、岬の父親のように敷いたレールの上を歩かせようとしたのだろうか。それとも由布花と手を携えて、およそ将来性に乏しいピアニストの道を歩ませようとしたのだろうか。

「環境が違うので比較するのは意味のないことですが、それでも僕は羨ましいと思ってしまったんです。榊場さん本人にしてみれば、ふざけるなという話なんですけどね。少なくともあなたから溢れんばかりの愛情を注がれている」

岬は寂しそうに笑う。

「僕が微力ながら榊場さんに協力しようと思うのは、きっとそういう理由からだと思います」

「羨ましかったら、普通は邪魔をするものじゃないんですか」

「とんでもない。あんな才能の持ち主なんですよ。力になりたいとは願っても、邪魔をするなんて毛頭思いませんね」

「あなたは嫉妬とかしないんですか」

「嫉妬の別名は憧憬です。憧れるのは嫌いじゃありません。第一、他人を呪ったところで自分の得になることなんて一つもないです」

由布花は言葉を失う。どうしてこの男はこんな風に考えられるのだろう。どうしてここまで物事を肯定してしまえるのだろう。

思い至った。

音楽だ。

音楽は恐ろしいほどに正直だ。奏でる者の性格や価値観、心の色と魂のかたちを全て露《あら》わにしてしまう。折に触れて聴いた岬のピアノこそ、誠実で、前向きで、肯定的ではなかったか。

「入賞できなかったことで同情してくれる人も多いのですが、僕はショパン・コンクールに出場して入賞など比べものにならないほど大きな収穫を得ることができました」

「〈五分間の奇跡〉を起こせたことですか」

「榊場さんをはじめ、才能溢れるファイナリストたちと出逢えたことです」

神様。

息子をこの人に巡り合わせてくれたことを感謝します。

「ありがとう、ございます」

「その上で、あなたにお尋ねしたいことがあります」

「何でしょう」

「どうして嘘を吐いたんですか」

2

十一月十七日午後五時五十分。

隆平は楽屋で一人震えていた。ホールからずいぶん離れているはずなのに客席のざわめきが聞こえてくる。注意事項を告げる館内アナウンスで胃の辺りが重くなる。開演十分前だというのにまるで落ち着かない。こんなことは今までなかったのに。聴衆が一人だろうが数万人だろうが、自分は何も考えず自由に鍵盤を弾けばそれでよかった。何も恐れず何も求めず、頭の中で鳴り響く音楽を再現できさえすればよかったのだ。

だが今日は違う。リハーサルの時は楽しくて仕方なかったのに、今は怖くてならない。

ツアー初日のように野次が飛びはしないか。

一つのミスに躓いて後々まで響きはしないか。

そして何よりも、己の乱れで岬の演奏に迷惑が掛かりはしないか。客演での演奏が乱れたことで、岬のキャリアに傷がつきはしないか。

駄目だ。

考えれば考えるほど緊張が恐怖に変換されていく。鼓動が速まり、呼吸が浅くなる。肩に重圧が掛かる。

駄目だ。

失敗する。今日も絶対に失敗する。

所詮、これが限界だったのだ。

開演時間が刻一刻と迫り、心臓が破裂するのではないかと思われたその時、ドアをノックする者がいた。

『岬です』

本番直前に、いったい何の用だろう。

「どうぞ」

すう、と岬は静かに入ってくる。皆は気づいているのだろうか。彼は歩いている時も普通に呼吸をしている時も、不快な音は一切発しない。だから隆平のような絶対音感の持ち主も何の気兼ねなく接することができる。

「直前にお邪魔して申し訳ありません」

「いいですよ。ちょうど気を紛らわせたかったし」

「緊張しているようですね」

岬にならば本心を打ち明けられる。

「ちょっと、怖くなって」

「初日のミスを思い出しているのですか」

「それもありますけど、今までとは勝手が違って」

「自分の満足する演奏ができなくなる不安ですか」

「折角共演してくれるあなたに迷惑が掛かるかもしれない」

「そんなことだろうと思っていました」

岬は腰を屈め、隆平と同じ目線で語り始める。

「音楽家に限らず、その活動に才能を必要とされる人は必ずあなたと同じ悩みに直面するんです」

「何の悩みか分かるんですか」

「自分にはこれが限界かもしれない。ひょっとしたら自分は才能の使い方を間違っていたんじゃないのか。いや、そもそも才能というのは何なのだろうか。何かを創る人、何かを表現する人は、ほとんど例外なくそう自問する時が到来します。きっとその分野なり職業なりに誠実だからなのでしょうね」

「僕は自分が誠実だなんて一度も考えたことがありませんよ」

「悩むのは誠実である証拠ですよ」

岬の口調が不意に優しくなる。

「現時点に留まればいい。苦しむ必要はない。頑張らなくてもいい。鼻持ちならない言い方になりますが、『普通』を望む人間に許されることであっても、才能を持った人間に怠惰や停滞は許されないのです」

「どうしてですか。才能は自分だけのものだから、どうしようと本人の勝手じゃないですか」

「榊場さん、才能は英語で何と言いますか」

「タレント、でしょう」

「はい。『優れた天分』という意味でタレント（talent）という言葉があります。しかし欧米では別の言い方、つまり『天賦の才』を意味するギフト（gift）という言葉の方が一般的です。そしてgiftに『贈り物』という意味が含まれているのは、かの国々の才能に対する考え方を如実に示しています。その人が持つ才能は神からの贈り物だという考えです」

才能は神からの贈り物。

乾いた砂地に水が吸われるように、言葉が胸に落ちていく。

「神様からの贈り物だから有意義に使う。よって与えられた才能は自分のみならず自分以外の人間のために行使するべきだという考えですね。それが正しいかどうかは別として、僕はその考えがとても好きなのですよ」

伸ばした手が隆平の肩にそっと触れる。

「お客さんのざわめきがここまで届いていますよね。あの人たちは榊場さんのピアノを聴きたくて足を運んできた人たちです。はるばる遠方から来た人もいるでしょう。中には足元の覚束ない人もいるでしょう。チケット代を捻出するために今日のお昼代を我慢した人もいるかもしれません」

「それ、プレッシャーです」

「榊場さんには有効なプレッシャーではないでしょうか。自分以外の人のためなら、案外頑張れるものです」

岬の手が離れる。

肩は嘘のように軽くなっていた。

ほどなくして矢崎ゆかりが呼びにきた。

「行きますよ、榊場さん」

彼女の肘に摑まり、隆平はステージに赴く。通路を歩く毎《ごと》にざわめきが大きくなる。袖まで辿り着くとステージからは楽団員の、客席からは観客の拍手が全身を包み込む。

不思議な出来事だった。さっきまで圧し掛かっていた恐怖の重圧はエネルギーに変わり、臆病は勇気に粉砕された。

何がピアニストだ。

あの人はセラピストにでもなった方がいい。

隆平が椅子に座ると、拍手は潮が引くように止んだ。

額と両手首がスポットライトの熱を感じる。

よし、いつもの感覚が戻っている。

隆平は徐《おもむろ》に両手を鍵盤の上に翳した。


第21番の第三楽章が終わると、一斉に拍手が沸いた。登場時よりも、第20番を弾き終えた時よりも大きな拍手だった。

両手を鍵盤から離した隆平は安堵と満足の息を吐く。ここまではノーミス、胸の温度も上がっている。拍手が大きくなっているのは期待の高まりを物語っている。

いよいよ次はピアノ協奏曲第23番　イ長調K.488、単独ピアノとしては本日最後のプログラムになる。

第一楽章　Allegro　イ長調。

軽やかな弦が奏でる第一主題で曲が始まる。弾けるようなヴァイオリンの響きは、陽光射す早朝を思わせる。隆平の目は光を見ることができないが、肌が光線を感知するので確固としたイメージがある。この第一主題は柔らかであり、決してぎらつくような光ではない。

メロディは軽やかに弾け、聴く者の細胞を活性化させる。いかにもモーツァルトらしい旋律で嬉しくなってしまうが、当時この曲はそれほど歓迎されなかったのだ。この気高いまでに美しい旋律が充分に理解できず、観客の好みに合致しなかったのだ。事実、モーツァルトの人気はこの曲の発表を境に凋落《ちょうらく》していく。元より急速に高くなった人気だったので、落ちるのも速かったのだ。

だが第23番は、そうした事情を補って余りある天衣無縫さを備えている。それまで協奏曲で多用されていたオーボエを外し、代わりにまだ珍しかったクラリネットを導入している。協奏曲でありながらティンパニとトランペットという祝祭的な音を放つ楽器を外したのも冒険と言える。

第一ヴァイオリンが半階ずつ下向しながら第二主題を奏でると、ようやく隆平は鍵盤に触れた。

ピアノは静かに第一主題を変奏する。ヴァイオリンをはじめとした管弦楽器が後を継ぎ、隆平は速いパッセージで返事をする。ピアノとオケの対話がこの楽曲の肝の部分なので、何より同調が求められる。前回とは違い、今日の隆平は絶好調だ。オーケストラの鼓動も息遣いも手に取るように分かる。視覚は不要、意識を開いてさえいれば、彼らの意思が音となって流れ込んでくる。隆平はリズムで交信しながらリズムを刻んでいけばいい。

ピアノが上向と下向を繰り返すと、オケはぴったりと寄り添ってくれる。両者が入れ替わりながら同じメロディを紡いでいくのは、この上ない快楽だ。

次いで隆平が第二主題を密やかに歌う。この主題のメロディも美しい。モーツァルトの曲には人工的な箇所が少なく、まるで神が作曲したように感じる時があるが、この第23番も例外ではない。流麗で繊細、優美で自然。とても人間の手になる曲とは思えない。

間もなくしてピアノとクラリネットが仲睦《なかむつ》まじく会話を始める。隆平は五感のうち聴覚と触覚に全神経を集中させているので至福感も一入《ひとしお》だ。左手の伴奏は単調になるが、ずっと軽やかさを失わない。まるでクラリネットと遊んでいるようだ。

やがて展開部に入るとオーケストラが新しい主題を提示する。既に現れた二つの主題に負けず劣らず華やかなメロディに、隆平は流れるようなピアノで応える。クラリネットが主題前半の旋律を反復しながらピアノに囁きかけてくる。

踊ろう。

もっと軽く。

もっと楽しく。

半音階が巧みに差し挟まれるため、ただ軽快なだけではなく、メロディの一つ一つに陰翳ができる。陰翳があることでメロディに深みが出る。

どれほど心地よくても永久に続くものではない。この悦楽もいつかは途絶える――そうした無常感を孕《はら》んでいるからこそ、優美なメロディが胸を切なくさせる。

鍵盤を弾きオーケストラと対話していると、不意にモーツァルトの意思が浮かび上がる瞬間がある。モーツァルトはとにかく優しい。ショパンの怒りやベートーヴェンの情熱はないが、聴いていると自然に涙腺を刺激するほどの優しさで包み込んでくれる。凡庸な表現になってしまうが、やはり神の存在を思わずにはいられない。音楽の神がモーツァルトを依《よ》り代《しろ》にして、人間を救済しようとしているかのようだ。

対話を終えたピアノは軽快さを保ったまま独奏する。既に一時間以上演奏を続けているが、隆平の指はまだ疲れを感じない。

疲れている暇などない。

オケとの会話が、モーツァルトとの会話が楽しくて仕方がない。

加えて聴衆の興奮を肌が感知している。歓声やテープこそ飛ばないものの、楽曲が終わる毎の拍手には熱が籠っているのだ。

『与えられた才能は自分のみならず自分以外の人間のために行使するべきだという考えですね。それが正しいかどうかは別として、僕はその考えがとても好きなのですよ』

岬の言葉が自分の背中を押している。お前の音楽で人々を癒やせと命じている。

いったい自分は何に怯えていたのだろう。初日での乱れっぷりがまるで嘘のように、指が動いている。不安は皆無ではないが、それ以上に自信がある。

『自分以外の人のためなら、案外頑張れるものです』

魔法の呪文じゃあるまいし、と最初は訝ったが、もう否定できなかった。客席に足を運んでくれた人たちの名前は知らない。顔も見えない。しかし求めているものは分かる。演奏している最中だけでも苦しさや悲しさ、怒りや惨めさを忘れてくれるのなら音楽家として本望ではないのか。

彼の言葉には力がある。きっと彼のピアニズムと無関係ではないのだろう。第23番を弾き果せた後は彼とのコンチェルトが待っている。ベストの状態で臨むためにも、ソロでミスはしたくない。

再現部に差し掛かり、隆平はピアノ独奏のまま駆け上がった後、第一主題を誘《いざな》う。ヴァイオリンと木管楽器が主題をひとしきり歌い、隆平の独奏が後を継ぐ。小さく、慎《つつ》ましやかに、小声のピアノが消え入りそうになるが、隆平は一音の余韻が途切れぬうちに次の一音を放つ。

息を潜めるようにリズムを刻んでいた左手が急速に音量を上げていく。

第二主題を長調で再現すると、間髪を容《い》れずオーケストラがついてくる。ここからは一気に終結部に向かう。展開部での主題を隆平が再現し、すぐにヴァイオリンが呼応する。隆平は急峻《きゅうしゅん》な坂を駆け上がり、最後のフレーズを叩く。

静かなるコーダが続き、第一楽章は軽快さを保ったまま終わった。

訪れた一拍の静寂で、指揮者とオーケストラの緊張が微塵も途切れていないのが分かる。

第二楽章　Adagio 嬰《えい》へ短調。

前の楽章とは打って変わり、沈鬱なピアノの旋律で曲が始まる。弱音のまま物悲しいメロディを細かく紡いでいく。リズムはシチリア舞曲風。かのマエストロ、ホロヴィッツも『この楽章はシチリアーノだ』と認識して、やや強調して弾いたくらいだ。

隆平もホロヴィッツは好きだが、しかしあまりにもシチリア風にし過ぎると前後の楽章とのバランスが崩れるので、隆平はやや抑え気味の調性にしている。

Adagio（アダージョ）の指示通り、ゆっくりとしたテンポで暗い和音を奏でる。決して昂ってても立ち止まってもいけない。囁くようなメロディを繋ぐのがこの楽章の肝になる。

しかもただの弱音では意味がない。消え入りそうな音を演出しても途切れさせる訳にはいかないので、*pp*（ピアニッシモ）より更に弱い*ppp*（ピアニッシシモ）を駆使して、客席に音を放つ。

実は*ppp*は隆平の得意とする奏法だった。単に鍵盤を弱く叩けばいいのではない。

鍵盤の沈み具合、フェルトと弦の硬さを耳と指先の感触で知悉しなければとてもそんな音を出せない。

隆平がpppを自家薬籠中のものにできたのは、偏《ひとえ》に卓越した聴力の賜物だった。鍵盤からフェルト、フェルトから弦への伝達具合を皮膚感覚で感知してこそ可能なのだ。

静謐《せいひつ》なメロディの背後からオーケストラがゆっくりと立ち上がる。木管楽器とヴァイオリンが隆平をそっと追いかけてくる。

内省的なピアノは悲哀に彩られて進む。こうした陰鬱な旋律は年輪を重ねなければ表現しきれないという者は少なくないが、こと隆平に関してはホロヴィッツをはじめとした名立たるマエストロたちのスタイルを完璧に再現できるので何の問題もない。榊場のピアニズムはテクニック過剰という批判も耳にしているが、経験不足をテクニックで補って何が悪い。足りない部分は今ある資産でカバーするのが当然ではないか。

どこまでもゆっくりと、歩く速さで。

次の瞬間、クラリネットとフルートが転調して明朗なフレーズを展開させる。隆平のピアノもつられるようにして跳ねる。ここは第二楽章で唯一気分の解れる部分だ。

しかし単純な安息ではない。楽章全編を覆う陰鬱さのため、陽気さの下で影が時折見え隠れする。結果として悲哀が強調されるかたちになり、より楽章の性格が顕示される。

束の間、陽光をこぼしていた空に再び暗雲が立ち込める。隆平は次第に音量を下げ、始点の陰気な主題に戻る。

孤独な彷徨《ほうこう》が続く。隆平のピアノはますます内省的となり、一生分の不幸を背負ったような感傷を紡ぐ。

突如、背後から悲愴なオーケストラが襲ってきた。先に待ち受ける悲劇を予感させるメロディに、隆平は背筋をぞくりとさせる。

そうだ。

最初に寺下のインタビューを受けた際にも、これと似た感覚があった。この男と関われば遠からず良くないことが起きる。今にして思えば、自分の直感は正しかったのだ。

哀しみのピアノにオーケストラが慰めるように寄り添う。それでも隆平はぽつねんと佇み、鈍色《にびいろ》の空を見上げる。

忍び寄るオーケストラがピアノを包む中、隆平はピチカートの伴奏の上に跳ねるようなリズムでメロディを奏でる。

彷徨の末にひと筋の光明を見出して、第二楽章は終結した。

束の間の休息に、周囲の空気が纏わりつく。第二楽章の沈鬱さの残滓《ざんし》が未だに漂っている。言い換えれば、隆平の思惑通りの曲想を演出できたということだ。この空気を一変させれば楽曲全体のコントラストを際立たせられる。

第三楽章 Allegro assai イ長調。

いきなりオーケストラが疾走を始める。最初に提示されるのはロンド形式の主題で、潑剌《はつらつ》と曲を引っ張っていく。今まで深く沈んでいた気分が急上昇する。

陽気で喜びに満ちたメロディが次々に溢れ出す。隆平はリズミカルに飛び込んでいく。

沈鬱な第二楽章との対比もあり、ロンド形式のメロディは踊り出したくなるほど活力に溢れている。ただしティンパニやオーボエがない分破天荒にまではならず、モーツァルトらしい節度を持った華やかさになる。その節度は優美さの要因でもある。

ピアノと木管楽器が纏わりながら快活に踊る。立ち止まることは一切なく、どこまでも走る、走る、走る。

隆平は容赦なくリズムで空間を刻んでいく。鍵盤を弾いていると、思わず全身が動き出す。ヴァイオリンたちが生命力を謳う中、隆平のピアノが副主題を提示し、これをクラリネットが反復する。更に新しい主題が生まれると、隆平のピアノとフルートとヴァイオリンが呼応し、もつれ合い、絡み合いながら最初のロンド形式の主題に戻る。

いったん終結したように見せかけて、隆平はダンッとひときわ強烈な打鍵を叩き込む。本来、ここはもう少し控え目でもいいのだが、コントラストをより明確にしてやろうと隆平自身が判断したのだ。

直前まで浮かれていたメロディが隆平の一打によって短調に変わる。すると一転、オーケストラの音も哀調を帯び、双方がうねるようにして進んでいく。丁々発止の掛け合いで、短調ながらも心の温度が上がっていく。

次いでクラリネットが新しい主題を提示する。どこか牧歌的なメロディに隆平が反応する。

隆平は辺りを窺いながら上向と下向を繰り返す。それまでに提示された主題を変奏していると、曲想は暗い森の中に迷い込んでしまう。ほどなく長調の副主題によってメロディは鬱蒼《うっそう》とした森から抜ける。

陽光が降り注ぐ。

光を取り戻した隆平のピアノは最後の疾走を試みる。ロンド形式の主題が高らかに再現されるとオーケストラが追従する。

既に体力は限界に近い。額からは汗が飛び散り、心臓は早鐘を打つ。

ヴァイオリンが炸裂《さくれつ》してコーダの到来を告げた。

隆平はオーケストラを先導して狂奔の態勢に入る。立ちはだかるものを薙《な》ぎ倒し、歓喜を纏って突進する。

疲労を押しやり、息を止め、一心不乱にコーダを目指す。

そしてピアノが高らかに咆哮《ほうこう》し、遂に火花を散らすように第23番が終結した。

隆平がゴールテープを切った次の瞬間、土砂降りにも似た拍手が起こった。耳をつんざく万雷の拍手に、隆平は両肩をだらりと下げる。

ノーミスで終わった。

己の想いを曲に乗せることもできた。聴いていた人たちは、自分の演奏を楽しんでくれただろうか。

訊くまでもなかった。

拍手の熱量で、観客の歓喜と称賛が伝わってくる。

誰かの手が背中に触れた。指揮者矢崎ゆかりの手だった。

「多くのお客さんがスタンディングオベーションしています。応えましょう」

彼女に支えてもらい、立って客席に向き直る。

観客の熱意をまともに浴びて、隆平の顔が火照《ほて》る。達成感が快感となって全身を駆け抜ける。

いや、まだだ。

まだこの後に岬とのセッションが待っている。自分だけではない。会場に詰め掛けている観客全員とオーケストラたちが待望しているに違いなかった。

熱演の余熱を味わいながら隆平はいったんステージを後にする。ソロが終わっても緊張感はいや増すばかりだった。

小休止の間、ステージにはもう一台のピアノが運ばれ、向かい合わせになるかたちで配置される。隆平は岬の顔を見ることができないが、彼の放つ音を正面に浴びる。

「顔から不安が消えましたね」

再度、隆平の楽屋を訪れた岬が指摘をする。

「不安は消えたかもしれませんけど緊張が半端じゃないです」

「あなたは、その緊張も力に変えてしまえる人ですよ」

他人の口から聞けば白々しい言葉だが、岬の声で言われると何故かその気になる。かつて彼がピアノ教師をしていたという話は本当なのかもしれない。

あなたは本番前に緊張しないのですか。

喉まで出かかった質問を慌てて呑み込む。突発性難聴を患っている者が、演奏を前に緊張しないはずがないではないか。

「以前にも言いましたが、アンコールだと思えばいいのですよ」

「でもチケットを求めた人にはビッグイベントのはずです」

「手を抜けと言っているのではありません。肩の力を抜けばいいんです」

それなら大丈夫だ。

あなたと話しているだけで、こんなにも落ち着けるのだから。

「そろそろ行きましょう」

隆平は手を伸ばして岬の肘を摑む。

いよいよ始まるのだ。十分にも満たないアンコール代わりにも拘わらず、メインイベントとされているコンチェルトが。

ステージ袖に立った時、客席が異様な雰囲気であるのを察知した。観客の期待値が最高潮に達し、会場全体が沸騰しているのだ。

ピアノ協奏曲第10番　変ホ長調K.365　第三楽章　Rondo、Allegro。楽器構成は独奏ピアノ2、オーボエ2、ファゴット2、ホルン2、ヴァイオリン2部、ヴィオラ、バス、クラリネット、トランペット、ティンパニ。

まずヴァイオリンが先頭を切る。開放的な主題を高らかに歌い上げると、それがスタートの合図となった。

プリモを担う隆平は軽やかに指を走らせ始める。小休止を挟んだせいか、疲れは微塵もない。すぐに岬のセコンドが後を追ってくるが、伴走ではなく追い抜こうとするかのような走りっぷりだ。2台ピアノならではの演奏に、ついつい隆平は興奮する。

主題にオーケストラと二台のピアノが絡む。この第三楽章はとにかく華やかなメロディが特徴で、モーツァルトが姉との共演を念頭に作曲したという逸話もなるほどと納得できる。こんな曲を姉弟で協奏できれば楽しいに決まっている。いかにもロンド形式で、弾いている最中も身体中の細胞が踊り出してくるようだ。

優雅な音型を維持したまま、オーケストラはいったん静まる。二台のピアノが対話する時だ。

二台のピアノはユニゾンしつつ、時にはメロディを分担する。互いに主張するのは構わないが、三度の音程を保ちながら同じ動きをするのが前提条件となる。当然、違う個性を発揮しても息が合わなければ曲自体が破綻してしまう。

隆平のピアノの特質が天衣無縫なら、岬のそれはどんなユニゾンにも対応できる広範さだろう。こうして協奏していると、異常なまでの深さと広さが実感できる。隆平がどれだけスピードを上げても、平然と併走してくる。一方でトラックからはみ出すのを、さりげなく元に戻す。ショパン・コンクールのファイナルで感じた広さが、この六年間で着実に進化しているのだ。

これも海外遠征を繰り返しているせいだろうかと考える。日本のクラシック・ファンはおしなべて優しく、それゆえにぬるま湯に浸かっているような怠惰な安心感がある。だが海外は様相が全く異なる。不本意な演奏には遠慮なくブーイングが起こり、演奏者に絶えずベストを要求する。だからこそ演奏者は日々鍛錬を心掛ける。

いずれは自分もこの国を出なければならない。由布花は同行したがるだろうが、もう母親の手で庇護できるサイズではなくなっているのだ。

突如、セコンドからの逆襲が始まった。先行する岬を隆平は懸命に追いかける。二人の導きでオーケストラが覚醒し、メロディは見る間に高まっていく。

リズムとともに鼓動が速まり、メロディとともに感情が昂る。

再び二人だけの対話が訪れた。それぞれが主題を変奏しながら昇りつめていく。二台のピアノが異なる音型を奏でるのが第三楽章の特徴だが、隆平と岬のペアはそれに留まらない。同じ主題を反復しているだけなのに緊迫感が増し、また演奏の愉悦が倍加する。こうして指を走らせていると、終結に近づくのが憂鬱にさえなってくる。

曲に終わりがなければいいのに。

この時間が永遠に続けばいいのに。

視覚障害も相俟って、隆平が他人を理解するのに最も有効なのは協奏することだった。相手の運指も息遣いも表情も、音を聴いていればありありと浮かんでくる。

岬の人となりが音を介して明確に伝わってくる。やはりこの男は優しいだけではない。ストイックなまでの探求心と激烈な闘争心が同居している。彼のピアニズムそのものではないか。

プリモとセコンドは一歩も譲らず、その間をオーケストラが取り持つかたちで曲が進行する。

そして最後の対話が訪れた。二人は歩調を緩めて喜びを謳歌《おうか》する。不安を振り払い、賛歌を歌い上げる。

隆平は高速で指を走らせる。これが最後の疾走だ。指も千切れよとばかりに鍵盤を弾く。岬も負けじと呼応し、二人のピアノは空気を刻んでいく。

次の瞬間、二人がコーダの火を放ち、オーケストラが優雅に纏めて曲は終結した。

束の間の空隙《くうげき》。

そして万雷の拍手が沸き起こった。

「ブラッボーッ」

客席のあちらこちらから熱烈な歓声が飛んでくる。

隆平は半ば呆然としていた。胸の中で余燼《よじん》が燻《くすぶ》っているが、気力体力ともに出し尽くした感がある。

終わった。

苦しい体力勝負も、楽しい時間も。

拍手は鳴り止まない。

心地よい脱力感を味わっていると、岬の歩み寄る気配を感じた。

「困りました」

「何がですか」

「アンコール代わりのはずなのに、まだ弾きたいと思っています」

岬に促されて立ち上がり、隆平は客席に向かって一礼する。拍手は更に大きくなった。

「名残惜しいですが、これでステージからは退散しましょう」

岬は己の肘を掴ませて袖に誘導していく。

「終わらせなければならないことが、もう一つ残っていますからね」

3

広めの楽屋には既に関係者が揃っていた。

榊場母子、ＴＯＭ山崎と潮田。そして寺下博之の事件を担当した三人の刑事たち。

妙なのは、ここに警視庁の犬養が同席していることだった。長沼も訝しく思ったのか、全員の前で問い掛けた。

「どうして麻生《あそう》班の犬養さんがここにいるんですか。あなたたちは後方支援のはずでしょう」

「お前はいつから班長になったんだよ」

犬養は長沼の追及を苦笑交じりに躱《かわ》す。

「そう突っかかるな。横から獲物を掻っ攫うような真似はしない」

「僕から犬養さんにお願いしたんですよ。今回はどうしても現職の刑事さんの手助けが必要だったので」

長沼を取りなすように岬が割って入る。

「だから、どうして関係者でもないあなたが捜査に首を突っ込むんだ」

「榊場さんは僕の友人、というよりは戦友なんです。コンクールのファイナルを競った者同士ですからね」

「公務執行妨害という言葉を知っているのか」

「これでも司法試験を受けた身なので承知しています。しかし公務執行妨害にあたるかどうかは、これが終わってから判断していただければと思います」

「わたしたち刑事をコンサートに招待してくれたのは岬さんですよね」

今度は関澤が質問してきた。

「大した演奏を聴くことができて有難いのは山々ですが、チケットを送ってくれた理由がとんと分かりません」

「言うまでもなくここにお集まりいただいて、寺下博之さん殺害の容疑者の身柄を確保してほしいからです。最初にそんなことをお伝えしても足を運ぶつもりにはならないでしょう」

部屋の中の空気が目に見えて緊張した。

ＴＯＭの目は懐疑の色になっている。

「岬さん。それは、わたしたちの中に犯人がいるという意味ですか」

「お断りしておきますが、今から僕がお話しするのは状況証拠だけです。従って積極的に容疑者を特定するものではありません。ただここにいらっしゃる刑事さんたちに、何らかの参考になれば嬉しいです」

内容は半可通の戯言《ざれごと》めいているが、話しぶりが丁寧なので長沼も関澤も不承不承の体で口を閉じてしまった。

「僕は榊場さんを通して事件のあらましを知ったのですが、皆さんも当然のように疑問に思ったのは、死体の発見された練習室のドアが午前六時の段階では閉まっていたのに、同七時に由布花さんが見た時には開いていた事実です。肝心の寺下さんは前夜のうちに亡くなっているので本人が六時から七時までの間に侵入したはずはありません。また何者かが死体を運び込むとしても、既に人通りがある時間帯にそんな危険な真似をするはずもありません。そこで気になったのは当日の、榊場さんの行動です。榊場さんは三日のコンサートが不本意な結果に終わり、とても安穏としてはいられない状況でした。これは同じくコンサートを繰り返しているピアニストとして、そうに違いないと断言できる種類のものです」

隆平はこくりと頷いてみせる。

「あんな失敗の後です。平気でいられるはずがないです」

「ありがとうございます。では、平気でいられないピアニストがどうするかと言えば、二度とミスをしないように懸命に練習を重ねるものです。それも普段以上に。朝食後に練習するルーティンの人なら朝食前に。僕は死体発見の当日、榊場さんはいつもより早く練習していたのではないかと考えました。それで本人に尋ねると、打ち明けてくれました。八日の朝は七時前に練習室に入ったと」

長沼と関澤は同時に隆平を睨む。しかし隆平は岬に顔を向けたままでいる。

「新聞配達員が目撃していた時にドアが閉まっていたのは、既に榊場さんが入っていたからです。ドアが開いていればピアノの音が盛大に洩れてしまいますから、榊場さんは入室すれば必ずドアを閉めるはずなんです。さて、それでは何故、七時に由布花さんが訪れた際、ドアは開いていたのでしょうか。これも考えてみれば不思議な話です。ドアが開いていればピアノの音が洩れるはずなのに、そんな音は誰も聞いていないのですから。そこで僕は由布花さんに質問しました。『どうして嘘を吐いたんですか』と」

長沼と関澤の視線が今度は由布花に向く。由布花は申し訳なさそうに俯《うつむ》いてしまった。

「ようやく彼女は答えてくれました。榊場さんを探してみたものの姿が見えない。『今はツアー中だし、コンサート初日が本人には不本意な出来だったので、早朝からの練習は全然不思議じゃありませんでした』。由布花さんはその言葉通り、練習室に榊場さんがいるものと信じてドアを開けました。由布花さん、あなたはそこで何を見ましたか」

「隆平さんが座っていた椅子の横に、寺下さんの死体が転がっていました」

「そうなんです。由布花さんが死体を発見したのは証言通りですが、実は傍に榊場さんが座っていたんです。誰しも由布花さんの立場であればこう考えるはずです。死体の傍に榊場さんがいたのを知られたら真っ先に彼が疑われると。母親である由布花さんであれば尚更でしょう。そこで彼女は榊場さんを練習室から出し、わざとドアを開けっ放しにしておいたのです」

由布花がおずおずと口を開いた。

「開き門扉を開ければ誰でも敷地に入れましたから、練習室のドアを開けっ放しにしておけば外からやってきた不審者のせいにできると思いました。まさか隆平さんが殺したとは考えませんでしたけど、ツアーの最中に警察から疑われることは何としても避けたかったんです」

「これがドアの開いていた理由です。すると別の疑問が湧いてきます。死亡推定時刻を考えれば、寺下さんの死体は前夜から練習室の中に放置されていたことになります。翌日、榊場さんが練習室に入った時、どうして死体に気づかなかったのか。いや、彼は確実に気づいていたはずです。何故なら死体は死後五時間が経過し腐敗が進行していますし火薬臭も残っていたから、嗅覚が鋭敏な榊場さんに分からないはずはないんです。しかも榊場さんは直近に会った人の臭いまで憶えている。座った椅子の真横に死体があれば、それが寺下さんであるのも腐敗し始めていることも分かったはずなんです。それでも生死を確かめるべく、榊場さんは死体に声を掛けます。手首を摑んで脈拍も確かめます。腕時計の指紋は、おそらくその際に付着したのでしょう。しかし榊場さんは誰も呼ばず、あろうことか腕時計に付着した指紋をそのまま放置しています。だから僕は彼にも同様に訊きました。『どうして嘘を吐いたんですか』と」

その場にいる全員の視線が隆平に注がれる。

「一応、榊場さんには演奏を邪魔された恨みから寺下さん殺害の動機がありますが、自身の練習室で殺害すれば真っ先に疑われるのが分かりきっています。従って彼が犯人である可能性は極めて小さい。では何故、榊場さんは人を呼ばなかったのか。答えは一つ、彼もまた誰かを庇《かば》おうとしたのです。練習室の存在を知り、寺下さんに憎悪を抱く人物は自分を除けば三人しかいません。由布花さん、ＴＯＭさん、潮田さんです。そうですね、榊場さん」

僕は、と隆平が話し始めた。

「あの時は三人のうち、誰かが寺下さんを殺したんだと思い込んじゃって……今まで散々迷惑をかけている人たちだったから、少しでも役に立ちたかったんです」

「人も呼ばず、自分が死体の傍に居続ける。しかも死体の腕時計には指紋が付着している。その状態を発見されれば誰でもいったんは自分を疑うだろう。もちろん自分は殺していないし、殺害する方法など思いつきもしないからやがて嫌疑も晴れる。捜査を攪乱《かくらん》できれば我が身も、そして三人のうちの誰かも庇うことができると判断したんですね」

「ええ、その通りです」

「しかし、その考えには大きな矛盾があります。咄嗟《とっさ》に榊場さんは三人を疑ってしまいましたが、元より三人は榊場さんのためを思うからこそ寺下さんを敵と認定していました。いいですか。咄嗟に榊場さんが判断したように、練習室に死体が転がっていれば最初に疑われるのは榊場さんです。仮に三人の中の一人が犯人だったら、練習室を犯行現場に選ぶことは絶対にしないでしょう。言い換えれば、寺下さんが練習室で殺害されたのであれば、榊場さん、由布花さん、ＴＯＭさん、潮田さんの四人は容疑者リストから外して然るべきなんです」

「それじゃあ容疑者がいなくなってしまう」

長沼が疑義を差し挟むが、岬は顔色一つ変えない。

「お話しした通り容疑者の条件としては、一、練習室の存在を知っている者。二、寺下さんに強い殺意を持つ者、の二つが挙げられます。決して容疑者がいなくなってしまう訳ではありません。ところでご存じの通り、殺人は午後十一時から深夜一時の間に行われました。ご近所の証言では練習室はずっと明かりが点いていなかった。真っ暗闇の中で行われた殺人だったので警察は榊場さんを疑った訳ですが、見方を変えれば暗闇でも相手のいる場所が分かりさえすれば犯行が可能な訳です。ところで僕には奇妙な癖がありましてね」

話が意外な方向に飛び、一同は小首をかしげる。

「自分では全然変だとは思わないのですが初対面の際、必ずと言っていいほど相手の顔より先に指先を観察してしまうんです。この人は演奏者として向いているかどうかを確かめているんですね。ここに集まっていただいた方もそうです。ピアニストの榊場さんを除き、僕は皆さんの指先を拝見しました。すると、ある人の右人差し指に緑色の塗料が付着しているのを見つけたのです」

緑色の塗料、と長沼が鸚鵡《おうむ》返しに洩らした。

「爪の隙間に、ほんのわずかだけ残っていました。僕の目には緑色の塗料は蓄光塗料、一般には夜光塗料と呼ばれるものにしか見えませんでした。夜光塗料の多くは1液アクリル系であり、水や石鹸《せっけん》ではなかなか落ちません。その人がマニキュアに夜光塗料の一種を使っているのかとも考えましたが、それならマニキュア落としの除光液で解決できるはずです。つまりその人はマニキュアには興味がなく、爪に夜光塗料を残していたという解釈になります。僕は夜光塗料で思いついたのです。暗闇の中でも相手を正確に射撃する方法、それは急所と思しき場所の上に夜光塗料で目印をつけ、そこに銃口を押し当てて発砲することでした。最近の夜光塗料は紫外線だけで蓄光できます。狙う相手の背中に塗布すれば本人には気づかれません。ただし殺害後は塗料の付着したジャケットを回収しなければなりません。寺下さんのジャケットが奪い取られていたのはスマホを回収する事情もあったのでしょうけど、実はジャケットそのものを回収しなければならなかったからだと推測したんです。もちろん、これは偶然である可能性が大いにあります。そこで僕は犬養さんに、その人物と寺下さんの繫がりを調べてくださいとお願いしました」

「そこから先は俺が話そう」

犬養は片手を上げて話を引き継いだ。

「結論から言うとビンゴだった。寺下という男は芸能人を捏造写真で恐喝するような下衆だったんだが、被害者の中にはカネや交渉では解決できず、デビューの夢を断たれて自死した窪寺みゆきという女性がいた。家族じゃないから記録には残っていなかったが、調べてみると従兄《いとこ》に該当者がいた。窪寺みゆきの両親にも会ってきた。齢《とし》が近いせいか、彼女とその人物は本当の兄妹同然だったらしい。葬儀の時には人目も憚らず号泣していたって話だ」

「ありがとうございます。さて、かの人物にすれば実の兄妹同然だった窪寺みゆきさんを自死に追い込んだ寺下さんは仇敵《きゅうてき》と言って差し支えないでしょう。更にかの人物は事件以前に練習室を訪れ、その構造も事情も知っていました。事件直後も爪の隙間に夜光塗料を残し、暗闇での犯行に及んだ可能性を窺わせます。しかも人体の急所がどこであるかを熟知し、たった二発の弾丸で相手を死に至らしめています。その人物とは……長沼さん、関澤さん。彼から目を離さないでいてください。あなたです、熊丸貴人さん」

それまで高みの見物を決め込んでいた熊丸は不意を突かれた。抵抗する間もなく、両脇から動きを封じられた。

「岬さん。あんたの推理は一聴に値するがそれだけだ。自分でも言ったが物的証拠は何もないじゃないか」

「はい、全ては状況証拠に過ぎません。奪ったジャケットとスマホはとっくの昔に処分しているでしょうからね。犯行時も毛髪を残さないように万全の準備をしたし、付近の防犯カメラに映らないよう寺下さんとは現場で落ち合うようにしました」

岬の指摘通りだった。

被害届が出されている手前、寺下とは何度か顔を合わせた。向こうは熊丸を生活安全課の刑事としか思っていないだろうが、熊丸にしてみれば憎んでも憎み足りない男だ。いつか機会があれば罰してやろうと決めていた。

千載一遇のチャンスが訪れたのは隆平の全国ツアーの初日だった。

仇敵の動向を探っていた熊丸は、コンサートの最中に寺下が妨害行為に及んだのを知った。翌日、被害状況を聴取する目的で榊場邸を訪問すると寺下を殺すには絶好の場所を見つけた。寺下を容易に誘導でき、しかも隆平に疑いの目を向けさせることのできる場所だ。

場所さえ決まれば後は簡単に事が運んだ。追跡調査ができない模造拳銃を用意し、一方で寺下を唆《そそのか》した。恐喝の共犯をさせろと持ち掛けて、榊場邸内の手引きをしたのだ。

『榊場隆平の視覚障害が嘘っぱちだと疑っているなら、盗撮カメラを仕掛けたらどうだ。第三者の目がないところなら、油断して盲人の演技はしないはずだ』

『しかし熊丸さんよ。俺は先方から警戒されているから、そんなものを仕込むなんて真似はできないぜ』

『だったらインタビュー前日に忍び込めばいい。練習室は常時開錠された状態だ。俺が中まで案内してやる』

こうして熊丸は首尾よく寺下を誘い出し、練習室で殺害に及んだ。練習室に連れていく途中、心臓のある場所にジャケットの上から夜光塗料で目印をつけた。暗闇でもはっきり発光しているので射殺には何の障害もなかった。記憶を辿ってみるが、どこにも証拠は残していない。敷地内から熊丸の下足痕や毛髪が採取されても、以前に訪問した事実で切り抜けられる。模造拳銃を作製した3Dプリンターも処分してある。

「もう一つ引っ掛かることがありました。寺下さんの過去の悪行を説明する際、あなたは自死した窪寺みゆきさんについてはひと言も口にしませんでした。噂レベルならTOMさんでも彼女の件を知り得たにも拘わらずです。それが却ってあなたと窪寺みゆきさんの繋がりを疑わせることになりました」

「物的証拠は何もないと言ったな」

岬に代わって犬養が前に進み出た。

「本気で言ったのなら刑事としての資質を疑う。それとも自分でやったことには神経が行き届かないか。おそらく部屋は綺麗《きれい》さっぱり片づけて3Dプリンターも始末しているだろうが購入記録は抹消できまい。第一、部屋の隅から樹脂の欠片《かけら》でも見つかったら、どう言い逃れをするつもりだ。それだけじゃない。徹底的に家宅捜索すれば他にも色々出てくるだろう。人ひとり殺しておいて何の痕跡も残さないのは至難の業だ。刑事ならそのくらい身に染みているだろう」

両脇をがっちりと摑まれ、熊丸はゆっくりと己の敗北を味わい始める。

それでも従妹の味わったであろう無念よりはずっとましに思えた。

エピローグ

「やっぱり行っちゃうんですね」

「前にも言いましたが、僕はしばらく奴隷の身分です。呼ばれたら行かない訳にはいきません」

練習室には隆平と岬の二人きりだった。お蔭で腹蔵なく話ができる。

「あのコンサートの直後、マネージャーから連絡がありましたからね。即刻アメリカ行きです」

「もっと共演したかったです。後で矢崎さんにも言われたんですよ。今までわたしが聴いた2台のピアノのための協奏曲では最高の出来だったって」

「光栄なお言葉ですが、早く忘れましょう。ベストは更新してこそ意味があります。榊場さんも別のパートナーとより高次のコンチェルトを目指してください」

「あなた以上のパートナーはなかなか見つけにくいです」

「僕程度のピアニストなんていくらでもいますよ。世界は本当に広大なんですから」

岬は言外に、日本を出ろと言っている。

分かっている。自分の可能性を伸ばすには、この国はあまりに窮屈で旧態依然としているのだ。他の国が楽園とまでは思わないが、少なくとも岬のような才能がひしめき合う場所なら万難を排してでも行く価値がある。

だが、今はまだその時ではない。全国ツアーもあるし準備も必要だ。

「今日、発《た》つんですよね」

「十一時のフライトですから、そろそろお暇《いとま》します」

「せめて最後に連弾したかったですね」

「次の公演は二十四日でしたね」

「はい、横浜アリーナです」

「あなたは練習時間を欲している。僕は奴隷ですから時間的余裕がない。残念ですが、またの機会にしましょう。世界のどこにいても、僕はあなたのピアノを聴いていますから」

岬は慎重な様子で隆平の手を握ってきた。

「色々とお世話になりました。それでは、また」

お世話になったのはこちらの方じゃないか。

「それじゃあ、また」

岬は足音も立てずに部屋を出ていった。

一人残された隆平は徒に鍵盤を弄《もてあそ》びながら、本人には言えなかったことを反芻《はんすう》してみる。

世界のどこにいても、あなたのピアノを聴いている、か。

では横浜アリーナで演奏するモーツァルトはあなたに捧《ささ》げよう。お別れにモーツァルトを弾けば、きっと喜んでくれるに違いない。

深呼吸を一つすると、隆平は徐に最初の一音を弾き出した。

本書は、二〇二二年一月に小社より単行本として刊行された『おわかれはモーツァルト』を文庫化し、加筆修正したものです。この物語はフィクションです。作中に同一の名称があった場合でも、実在する人物、団体等とは一切関係ありません。

〈解説〉
多彩な顔を持つ〈岬洋介〉シリーズ、今作で咲かせた花とは

吉田大助（書評家）

「週刊少年ジャンプ」での連載が一〇周年を迎えた二〇〇七年、『ONE PIECE』の作者・尾田栄一郎《おだえいいちろう》にインタビューしたことがある。最も印象に残っているのは次の発言だ。〈「グランドライン（※海賊王を夢見る少年モンキー・D・ルフィらが冒険する海域）では何でもありだ」と漫画の中で一本筋の通った理屈をつけているから、僕は何を描いてもいいわけですよ。たとえば、インドみたいな国を描きたいと思ったら、次の島で描いちゃえばいい（笑）。スポーツ漫画が描きたいなって急に思っても、「スポーツ島」みたいなのを作ればいいんです。だから、新しい連載をしたいとか全く思わないんです〉（「週刊プレイボーイ」二〇〇七年七月一四日号）。『ジョジョの奇妙な冒険』を三五年以上も描き続けている漫画家、荒木飛呂彦《あらきひろひこ》の例を挙げてみてもいいかもしれない。両者にとって『ONE PIECE』と「JOJO」は、面白いと思いついたことはなんでも入れられる、容積はバカでかく耐熱性が異様に高い、物語の器だ。

第八回『このミステリーがすごい！』大賞・大賞受賞のデビュー作①『さよならドビュッシー』（二〇一〇年一月刊）から始まる、中山七里の〈岬洋介《みさきようすけ》シリーズ〉もそのような器だ。

中山といえば多作で知られ、『贖罪《しょくざい》の奏鳴曲《ソナタ》』（二〇一一年一二月刊）から始まる弁護士ものの〈御子柴礼司《みこしばれいじ》シリーズ〉や、『切り裂きジャックの告白』（二〇一三年四月刊）から始まる〈刑事犬養隼人《いぬかいはやと》シリーズ〉など幾つものシリーズを展開している。しかし、同一シリーズの内部でここまで物語の雰囲気が変わるものは、〈岬洋介シリーズ〉を措《お》いて他にない。例えば、作家生活一〇周年記念作品となった⑦『合唱 岬洋介の帰還』（二〇二〇年五月刊）は、他社のシリーズで主役を張っているキャラクターが総出演する趣向となっている。カラーがあまりにも違う存在を一挙集結させることができたのはやはり、舞台が〈岬洋介シリーズ〉だったからこそだ。

　振り返ってみれば全ての出発点となる①『さよならドビュッシー』は、ミステリーと音楽小説、および青春小説を融合させた一作だった。ヒロインの香月遥《こうづきはるか》は、将来有望なピアニストの卵。特待生として高校進学する直前、火事に巻き込まれ全身やけどを負う。皮膚移植でつぎはぎ状態になった体と、動かない指、くじけた心。「それでもまだ君はピアニストを目指すのかい？」。彼女の暗闇を知りながら、光を差し伸べてくれた若き天才ピアニスト・岬洋介のレッスンを受け、彼女は新たなスタート地点に立つ。だが、親族の不審死が相次ぎ、やがて彼女の身にも――。堀《ほり》ちえみ主演の大映《だいえい》テレビドラマ『スチュワーデス物語』を思わせるキャラクター性、読めば脳内で自然と音楽が再生される描写力、謎が謎を呼ぶ充実のネタ密度。最後に放たれる「さよなら」は、物語に完璧なピリオドを打っていた。

　だからこそ、シリーズ化されると聞いて当時多くの読者は思ったはずなのだ。「いや、どのようにして？」と。その答えは、デビュー作ではサブの位置にいた、岬洋介を探偵役に据えることだった。結論を言えば、この人物が多彩な要素を兼ね備える存在だったからこそ、このシリーズは多彩な顔を持つこととなったのだ。

まず大前提として言えるのは、岬洋介は観察力と推理力がずば抜けた名探偵である。そして、天才ピアニストである。この二点から、ミステリーと音楽小説というジャンルが確保できる。と同時に岬は、音楽大学の臨時講師でもある。教え子たちの存在に注目することで、青春小説の部分をクローズアップすることができた。音大で発生した二億円のチェロ、ストラディバリウス盗難事件をメインとする②『おやすみラフマニノフ』（二〇一〇年一〇月刊）は、そのようにして生まれた。

ガラッと雰囲気が変わるのは、①『さよならドビュッシー』のスピンオフ短編集③『さよならドビュッシー前奏曲《プレリュード》　要介護探偵の事件簿』（二〇一一年一〇月刊）を挟んだのちの、④『いつまでもショパン』（二〇一三年一月刊）からだ。臨時講師の職を辞した岬が、クラシックの世界で最も権威がある「ショパン国際ピアノコンクール」に出場するため、ショパンの故郷であるポーランドの首都ワルシャワに向かう。複数のコンテスタントが腕を競い合う、コンクールものというサブジャンルがシリーズに新たに付与されるとともに、かの地に潜伏したテロリストの一人称語りを物語に取り入れた、スリラー小説という相貌も見せるようになるのだ。そして、コンクールの決勝で起きたある出来事により、岬はコンクールでの入賞は叶わなかったものの、世界的名声を獲得する。その瞬間、〈岬洋介シリーズ〉にもう一つの要素が加わったように思うのだ。才能と慈愛にあふれるヒーローが人々を救う姿を見つめる、ヒーロー小説という要素だ。

高校時代を舞台に、ミステリー名物〝名探偵最初の事件〟を扱う⑤『どこかでベートーヴェン』（二〇一六年五月刊）を経《へ》て、⑥『もういちどベートーヴェン』（二〇一九年三月刊）では、リーガル・ミステリーの扉が開く。①の段階ですでに書き込まれていたことだが、岬は高名な検事を父に持ち、司法試験をトップ合格している。その後司法修習を受けながらも法曹の世界へは進まず、一度は夢を絶ったピアニストの道へと進んだのだ。⑥は岬が司法修習生時代に立ち会うこととなった、ある殺人事件の顚末《てんまつ》を追いかける。過去編が終わり、現在時制で物語が再起動する⑦『合唱 岬洋介の帰還』もど真ん中のリーガル・ミステリー。そして、これまで以上にヒーロー小説としての要素が際立っている。ある人物が苦境に陥り、困難に困難が重なって雁字《がんじ》搦《がら》めになっていったところで、ヒーロー・岬が颯爽《さっそう》と現れる。読者の胸に「待ってました！」の快感が爆《は》ぜる、この演出は過去作にはなかったものだ。

その先に登場したのが、このたび文庫化された本書⑧『おわかれはモーツァルト』（二〇二二年一月刊）だ。今回焦点が当たったのは、全盲の天才ピアニスト・榊場隆平《さかきばりゅうへい》だ。二〇一〇年開催のショパン・コンクールを舞台にした④『いつまでもショパン』で、岬らと競い合った当時は一八歳。二四歳となった現在は、コンクールで二位となったことを契機に、スターー街道を駆け上がっていた。間もなく開幕する全国ツアーでは「神童」モーツァルトの楽曲を演奏することになっている。所属事務所のマネージャー・ＴＯＭ山崎《やまざき》と、ピアノの師・潮《しお》田陽彦《たはるひこ》、活動を健康面から支えてくれる母・由布花《ゆうか》。三者がそれぞれの役割を果たすことで、隆平は己のピアノを追求することができていた。本作は、これまで言及されることはあったものの掘り進められることはなかった、クラシック界隈や音楽ビジネスを巡る、業界小説という側面がある。

ところが、全盲のピアニストは本当は目が見えているのではないか、自身の付加価値を上げるために障害を利用しているのではないか、と根も歯もない話をでっち上げるフリーライターの存在により、トラブルが勃発する。そして、ついに事件が起こる。隆平の暮らしている家で、死体が発見される。やがて隆平が第一容疑者となる。苦境に陥ったところで……「待ってました！」の快感が爆ぜる。隆平と岬の間で交歓される、尊敬に基づくフレンドシップは、誰しもが憧れるものであると断言できる。

本作におけるミステリーの構造は、隆平と岬の初対面の日々を描いた④『いつまでもショパン』に登場するシチュエーションから発想されたのではないかと推測される。そこでは隆平はショパン・コンクールの会場において、胸に銃弾を浴び、両手の指全てが切り取られた惨殺死体の第一発見者となった。当地の警察に疑いの目を向けられている最中、岬が現れる。そこで披露した最初のロジックが、「盲人という理由で彼を容疑者から外すことはできない」だった。「彼の聴覚と嗅覚をもってすれば標的の位置を捕捉することはそれほど困難ではないからです」。ただし、別の理由で犯行は不可能だった、と証明してみせたのだ。本作で隆平は、暗闇の世界で生きる盲人だからこそ深夜、照明の落ちた室内でも相手を射殺することが実現できた……という疑惑に晒《さら》される。その疑惑を、岬はどうやって晴らすのか。真犯人は誰で、どのようにして不可能を可能としたのか。

先ほどから繰り返し述べている通り、〈岬洋介シリーズ〉は多彩な顔を持つ。一作進むたびに新たなジャンルや新たな要素が付け加えられていく感触が、本シリーズの醍醐味《だいごみ》だ。と同時に本シリーズは、④『いつまでもショパン』から⑧『おわかれはモーツァルト』の重要な要素（語り手となるキャラクター、ミステリーの根幹をなすシチュエーション）が導き出されたように、それまでの作品の中で開陳された要素が「種」となり、新しい作品の中で「花」を咲かせるプロセスも醍醐味となっている。シリーズものの王道にして難題である、第一作から順番に読み継いでいく面白さ、がふんだんに盛り込まれているのだ。実はこれこそが、〈岬洋介シリーズ〉の最大の魅力なのではないか。

二〇二三年一〇月現在のシリーズ最新作は⑨『いまこそガーシュウィン』（二〇二三年九月刊）だ。④『いつまでもショパン』を「種」として生まれた、もう一つの「花」である。一方で、クラシックとは異なる音楽ジャンルを取り入れることにより、音楽小説として新たな沃野《よくや》を切り開いている。そのジャンルとは、ジャズだ。巻末では、次回作のタイトルが『とどけチャイコフスキー』であることがアナウンスされている。となると……と、想像が膨らんでいく。

ところで、冒頭に引用したインタビュー記事で、尾田栄一郎は最後にこんな発言をしていた。「最終章、最終回のイメージは連載を始めた頃からはっきりあって、そこを目指して描いているんです」。中山七里の〈岬洋介シリーズ〉はどうなのか？　筆者の予想では、「JOJO」の荒木飛呂彦のスタンスの方に近いのではないかと考えている。すなわち——一生描（書）き続ける。ここから三作、五作、一〇作と積み重なっていった先の〈岬洋介シリーズ〉最新刊がどんなものになるのか、楽しみでたまらない。

（二〇二三年一〇月）

※①〜⑨は〈岬洋介シリーズ〉刊行順です。

宝島社
文庫

おわかれはモーツァルト
（おわかれはもーつぁると）

2023年12月20日　第1刷発行

著　者　中山七里
発行人　蓮見清一
発行所　株式会社 宝島社
〒102-8388　東京都千代田区一番町25番地
電話：営業 03(3234)4621／編集 03(3239)0599
https://tkj.jp
印刷・製本　中央精版印刷株式会社

Printed in Japan
First published 2022 by Takarajimasha, Inc.
ISBN 978-4-299-04911-7